魔界探偵 冥王星O ウォーキングのW

越前魔太郎

JN282664

「すいません、領収書貰えますか」

「はい。宛名はいかがいたしましょう？」

「冥王星Oで」

Design Yoshihiko Kamabe

『一章』

ぼくは死体をよく嚙《か》む癖《くせ》がある。この間、先生にも褒《ほ》められた。『みんなもオイエを見習えよ』と給食の時間に祭り上げられて、凄《すご》く恥ずかしかった。同級生の中で一番に乱暴者な子は先生に逆らうように黒パンを丸呑《まるの》みして、窒息《ちっそく》しかけて大慌《おおあわ》てになった。その後、なんでかそのクラスのワルと友達になった。その窒息しかけた日の掃除《そうじ》時間に、雑巾《ぞうきん》を握《にぎ》り潰《つぶ》したワルが話しかけてきたのだ。ぼくは殴《なぐ》られるんじゃないかとまず心配した。

最初に話したことは『お前弟いる？　オレはいる』と一方的で、そこからも基本的にワルが喋《しゃべ》りっぱなしだった。一応、途中で『お前、名前なんだっけ』と尋《たず》ねられたので、その時にはワルがぼくに危害を加える気がないことも分かって、安心しながら答えた。

御家聡明。オイエサトアキ。本当は下の名前をソウメイって読むらしいけど、まだ名が体《たい》を表していないという理由から親にもサトアキ君と呼ばれている。それならサトアキが本名でいいじゃないか、とは時々思う。でもそういう事情はワルに特に説明しなかった。

ワルはぼくの自己紹介を『ふーんそう』と簡単に流して、武勇伝を再開する。ワルは先週の日曜日、スーパーで万引きをした話について自慢《じまん》げに、大声で喋ってくる。教室でそんな話をして、先生に聞かれでもしたらどうするんだろうとぼくの方が心配になったけど、先生は教室の中にいなかった。そういう時を見計らって、ワルは自慢しているのだろう。抜け目なく、だから万引きしても誰《だれ》にも怒られていないんだろうなって、ぼくは納得してしまった。

ワルは掃除時間が終了するまで話し通しで、最後まで名前を名乗らなかった。自分みたいなやつの名前なら、教室のみんなが知っているだろうと考えていたのかもしれない。だけど、ぼくはワルの名前をまぁ多分例外的に知らなかった。聞いてその自尊心を傷つけるのも怖かったので、ワルというのがあだ名だと思うことにした。カタカナでイメージすれば、なんとか動物の名前みたいには聞こえた。ワルは猫のような顔立ちと瞳《ひとみ》だったので、丁度《ちょうど》よかったかもしれない。

ぼくはそれまで、クラスでもめだつ子供ではなかった。というより、ぼくの教室の中でめだつのは、そのワルと仲間たちぐらいだった。他のみんなは平坦《へいたん》で、頭の高さも揃《そろ》っている。教室の後ろから眺《なが》めれば、ぼくたちは頭を綺麗《きれい》に切り揃えられた平原のように見えるだろう。だからこそ先生が気を利《き》かせて、ぼくの褒める点を見つけてくれたのだ。それが急激に育ったつくしのように、ぼくの頭を教室で突き出させてしまうとは夢にも思わないで。

どういった理由か定かじゃないけど、その日を境《さかい》にワルがぼくに話しかけてくるようになった。ワルはぼくを取り巻きにすることもなく、一定の距離《きょり》を持って接してきた。

それが友達として適切な距離か、ぼくには分からない。ただワルが何らかの理由でぼくに興味を持っているのは、喋り方や仕草《しぐさ》からそれとなく伝わってきた。それを直接、ぼくに尋《たず》ねることはない。機会を待っているように、饒舌《じょうぜつ》なワルの口には遠慮《えんりょ》みたいなものが潜《ひそ》んでいた。

ワルの話は大抵《たいてい》、近所の悪ガキグループに憧《あこが》れたり、自分の悪行を自慢《じまん》したりするものだった。時々、三つ年下の弟の話がそこに挟《はさ》まれる。ぼくは一人っ子だけど、ワルの弟が自分に懐《なつ》いているという話を聞いて少し納得できた。ワルについていけば、何か面白《おもしろ》いものがありそうに思える。普通ではない気がする。そういった、言葉にしづらい特別な雰囲気《ふんいき》があった。

とにもかくにも、ぼくはめだつワルに話しかけられて、そのめだち具合を移されてしまう。風邪《かぜ》の菌を貰《もら》ったように、ぼくは教室の中で背伸びをする子供になった。少し歩きづらい。

小学生の歩く道も、悩みなんかなくて平坦《へいたん》に舗装《ほそう》されているわけじゃない。でこぼこした道のりの地面から、妬《ねた》みの手がぼこぼこと出てきて足を引っ張ってくることもある。めだつということは、敵も味方も増えるということだ。ぼくは背伸びをしなければ歩けない道へ、ワルに引っ張りこまれてしまった。

その誘いこんだ張本人のワルは道から少し外《はず》れた草むらを、自転車で快走していく。後ろから必死に追いかけようとする人影《ひとかげ》は、きっと彼の弟だろう。

そんなイメージの付きまとう生活が、少しの間続く。

安定してきたのは、ワルと最初に話して一週間が経《た》ってからだ。転《ころ》ぶとか、足が疲れるとか、そういったものが日常的になって、歩くことにも慣れてきた頃《ころ》。

だけどその安定も長くは保たなかった。

ぼくの生活の変化は終わりの見えない川のように、まだまだ続く。

下流へ、下流へと流されていく。

足は既《すで》に川底につくことは叶《かな》わなかった。

更《さら》なる兆《きざ》しは五月の半ば、鼻の先が乾き気味になる暑い日。

その日の夕方は風がなくて、通学路には音も、人も、何もなかった。

♇

「すいません、領収書貰えますか」

「はい。宛名《あてな》はいかがいたしましょう？」

「冥王星《めいおうせい》Oで」

「はい？」

「ダメ？　じゃあ水星C」

「芸名ですか？」

「あーもういいや。ありがとう、また来るよ」

なんてやり取りを交わして書店を出ると、外はすっかり日が暮れていた。影の色はまだ薄《うす》い。壁際《かべぎわ》に橙色《だいだいいろ》と黒色が混じっていると、そこから焦《こ》げた臭《にお》いが感じ取れそうだった。五月の気温も、その錯覚《さっかく》に関係しているかもしれない。少し見下ろして、それから歩きだす。
駐車場から発進する自動車の側《そば》を歩いて駐輪場を通り過ぎて、本屋の敷地外へ出る。
俺《おれ》の名前は冥王星《めいおうせい》O。肩書きは一応、探偵《たんてい》で通している。と言っても実体は便利屋に近い。
仕事の範疇《はんちゅう》が大抵《たいてい》、探し物だけに留《とど》まらないからだ。解決を含めた依頼がほとんどを占める。
それも、『人間』からの依頼《いらい》は一つも取り扱っていない。俺が請《う》け負《お》う仕事はこの世の陰《かげ》、
【彼ら】に言わせれば人間こそが日陰の生物なのだろうが、とにかくその表立たない存在から
の依頼だけだ。だから俺、冥王星Oは時々、【魔界探偵《まかいたんてい》】と語られることもある。
本屋で購入《こうにゅう》した幾《いく》つかの雑誌が入った紙袋を小脇《こわき》に抱《かか》えて、道路沿いの歩道を真《ま》っ直《す》ぐ進む。
勤め人の帰宅する時間帯であることも関係してか道路は行《ゆ》き交《か》う自動車で賑《にぎ》わい、走行音が風
のように俺の頬《ほお》を撫《な》でつけてくる。排ガスの臭《にお》いが、くるくると巻かれた毛糸のようになって
俺の鼻の側《そば》で留《とど》まる。本物の風が来ないから、いつまでもその臭いが離《はな》れない感じだ。
顔を手のひらで拭《ぬぐ》ってから、瞼《まぶた》を開けて最初に視界に入った街路樹を眺《なが》めた。
歩道の脇に植えられた街路樹の下では毛虫が数匹蠢《うごめ》いて、身を寄せ合っていた。
俺たち人間が、虫を見下ろす。その感覚で【彼ら】も、人間を見下ろしているのだろう。
【彼ら】は人間社会の一部、存在を知る者たちにそう呼ばれている。そう呼ぶしかないのだ。
俺たちが【彼ら】に対して知り得ることはほとんどない。説明されたのは【彼ら】が遥《はる》か昔か
ら世界に存在して独自の社会を築いてきたこと、人に似た風貌《ふうぼう》の者もいるが、本質として人に

あらざるものであるということ、人を玩具《がんぐ》か実験体、或《あるい》いは楽器程度にしか見ていないこと。

そして全《すべ》てが該当するわけではないらしいが、【彼ら】は魔法めいた力を持っている、ということだけだ。それは俺が奔走《ほんそう》する人間社会の枠組みでは、決して説明しきれない不思議な力ばかりだ。口頭の説明だけでは信用できないだろうが、俺は実際にその力や、【彼ら】の成《な》す不可思議な現象を目の当《ま》たり《あ》にしている。俺が日頃《ひごろ》出会う【彼ら】の仲間も、その奇跡の一部だ。

俺に仕事を仲介している男は【窓をつくる男】と呼ばれている。西洋の紳士が着こむような外套《がいとう》を羽織《はお》って、常に銀色の仮面で素顔を隠《かく》した男だ。金髪やクリアブルーの眼球、整った口元から貴族という単語を連想するのは容易《たやす》い。出会う度《たび》、彼に対する年齢の印象は変化する。二十代に見えることが多いが、ふとした時には四十代の老成した雰囲気《ふんいき》を身に纏《まと》っていることもある。【彼ら】は人間より遥かに長寿な存在も多いと聞くから、そのアンバランスな印象を人間の常識で理解しようとすることで、そういったブレが生まれるのだろう。

【窓をつくる男】はその名の通り、窓を作る能力がある。数回しか見たことはないが、彼は白いチョークで壁《かべ》に長方形の窓枠を描く。そして彼の作った窓の中は、任意の別の場所に繋《つな》がっている。どこでもドアの扉を開けるまで、人類があと何百年かかるか知らないが、【彼ら】は既《すで》にその能力を現実のものとしていた。その気になれば宇宙とも繋げられる、と【窓をつくる男】は以前に話していた。【彼ら】は地球に留まる生命体なのか、それとも宇宙に進出した、地球人類と規模の違う生物群なのか。俺如《ごと》きの物差しで測れる一団でないのは確かだ。

街路樹の毛虫を暫《しばら》く見下ろして、後方から自転車に追い抜かれたことを契機に再び歩きだす。俺《おれ》は自動車も、そして自転車も所持していない。昔は自動車で移動していたが、その速度では視界の幅が狭《せば》まることを学んだ。探し物にベストな速度は、自分で歩くこの速さだ。

この歩く速度がいい。俺は探偵《たんてい》を続けてきて、そう考えるようになっていた。俺に仕事を仲介して、【彼ら】の中で立場を固めようとする【窓をつくる男】からも、『仕事を滞《とどこお》りなくこなせるなら、好きにするといい』と言われている。彼に本当に信用されているかは、怪しいものだが。

本屋で貰《もら》ったレシートをポケットに突っこむと、指先に色々なものが触れた。漁《あさ》って、なにがあるんだろうと取りだしてみる。でてきたのは糸くずの玉に、刃のない柄《つか》だけのおもちゃみたいなナイフ、目薬、ボキボキに折れた栞《しおり》。目薬ぐらいしか生活に役立ちそうにない。その生活感が薄《うす》いポケットの中身に苦笑してから、まとめてポケットに戻しておいた。

少し歩いて、右手にコンビニの駐車場が見えてくる。正面には有料橋へと続くなだらかな坂。俺はそのどちらにも背を向けて顔を逸《そ》らし、交差点の信号待ちで立ち止まる。信号は歩道側が青から赤へ移行したばかりで、暫《しばら》く待たないといけないようだ。左右で停止する自動車の運転手は誰《だれ》も彼もが目を細めて、退屈そうに信号が変わるのを待ち侘《わ》びている。俺もその仲間になるのが嫌で、夕暮れの空を見上げた。空には雲と茜《あかね》色だけで、俺の探すものは、見当たらない。

「【彼ら】が総出《そうで》でかかれば、俺に頼《たの》まなくてもすぐに見つかるだろうに」

今回、俺に課せられたことは【空を歩く男】の捜索《そうさく》。

名前の符号から、そいつが【彼ら】側の存在であることは間違いないだろう。そしてそれは比喩《ひゆ》表現ではなく実際に、空を二本の足で歩くことから冠《かん》された名前であるとも知っていた。

空を歩く。いかなる原理なのか、ひょっとしたら本人にも説明できないのかもしれない。その男の捜索に当たって、俺に与えられた情報はやはり少ない。【彼ら】側に属する者の情報を多く露出《ろしゅつ》すれば、それだけ俺という人間が【彼ら】を知ることになる。それを【彼ら】は極度に嫌う。知的生命体の知恵を猿《さる》に説いても理解はできないと思うのだが、それでも駄目《だめ》らしい。

だから探偵、冥王星《めいおうせい》Oが人間社会と【彼ら】の社会の橋渡し役となる。【彼ら】が人間社会に気まぐれに何かを求めれば、その調達に奔走《ほんそう》する。或《ある》いは人間が【彼ら】の存在に気づけば、依頼次第で口封じにも向かう。人殺しも辞さない。殺さなければ、俺が【彼ら】に消される。

それは幾度《いくど》も、【窓をつくる男】から忠告された冥王星Oとしての心構えだ。冥王星O。名乗る俺自身、その名前が何を意味するのか、実はなにも知らなかった。俺の記憶は不完全だから。

左右の車が動きだすのを、視界の下側に見る。【空を歩く男】の顔も分からないから、行《ゆ》き交《か》う運転手に目をこらしても無駄だろう。そもそも男と言ったって、年齢さえ不詳なのだ。オッサンかもしれないし、小学生のガキかもしれない。それよりも、【空を歩く男】を見つけるのなら、ずっと上を見て歩かなければいけないんだろうか。

そんなことをすればこのまま道路に向かって、前方不注意の俺が轢《ひ》かれて空を舞いそうだ。生命保険にも入っていないのに、自動車に轢かれるのは勘弁《かんべん》願いたい。

外のどこかで犬が狂ったように吠《ほ》えているのを聞くと、溜息《ためいき》がでる。

♀

何度目かの寝返りか分からなかった。寝つきのいい方じゃなかったけど、今日は特別に眠れなくて、イライラが募《つの》ってきていた。ふとんの中も、ぼくの体温で蒸し暑くなってきていた。

夜のことだ。ぼくは家の二階の子供部屋で、ベッドの中にいた。壁《かべ》にかけられた時計の秒針の音が頭の上で鳴り、部屋の中で動いているものがそれだけであることを証明している。ぼくはその音に合わせて舌を鳴らし、瞼《まぶた》を強く瞑《つむ》る。早く眠って、朝を迎えたい。

夜が怖いとか、そういうことじゃなくて退屈だからだ。ふとんの中にいる時間はいつだって無駄に思える。ぼくはもう赤ちゃんじゃないんだから、たくさん眠る必要がない。なのにお父さんやお母さんは、ぼくの夜更《よふ》かしにとても厳しい。特にお母さん。あの人は、夜より怖い。

壁の時計を、暗闇《くらやみ》に慣れた目で見る。もう、時計の針は明日を刻んでいた。

寝返りを打って、天井を向く。天井の模様は、一斉に開花した花畑みたいに見える。暗闇に慣れた目は、その花畑の輪廓《りんかく》を正確に捉《とら》えていた。花は好きだけど、匂《にお》いを伴わない天井の花畑は好きになれそうもない。ぼくはまた目を瞑って、手と足の指を意識して伸ばした。

ワルなら、退屈で眠れない夜にどうするのだろう。自転車で外へ出かけて、コンビニに対抗して深夜まで営業しているスーパーへ万引きに出かけるのだろうか。ワルの弟も一緒に行くのかな？　ぼくはその弟に出会ったことはないけど、あのワルが兄なら、後を追いたくなる気持ちも分かる。ワルについていけば、知らない道へ連れて行ってくれるような……そんな不安と期待が、彼からは感じられる。世の中で有名になる人って、ああいう空気を持っているのかな。

そんなワルはともかく、眠れないときにぼくはどうするか。いつも通り、一階のトイレに行こうと思い立って、ふとんから出る。青いカーペットの敷《し》かれた床の温度は、一年を通じて変化がない。青色から連想される冷たさを足の裏が感じて、ぼくは少し身震《みぶる》いした。

身体《からだ》を震わせたら本当に尿意《にょうい》が押し寄せてきたので、早足で部屋の外へ出る。外は木製の廊下で、いつもお母さんが掃除しているからつるつると足が滑《すべ》る。たまに転《ころ》んで、大きな音を立てたことにお母さんが怒って、大変なことになる。でも今は少し急がないといけない。

お母さんたちがもう起きていないことを期待して、廊下の端っこから続く階段を下りる。足《あし》下《もと》を明るくするための電気は灯《とも》さない。お母さんが怒るかもしれないからだ。

ぼくの家は木造建築だから、勿論《もちろん》階段も木だ。木は夜の静かな音を温度としているように、しっとりと冷たい。左手に壁があって、右では数本の柱が、階段と壁を繋《つな》げている。段差が激しくて横幅の狭い家の階段を降りるとき、ぼくは癖《くせ》なのか左の壁に手をつける。そうして、手探りで深夜の家をおそるおそる歩いていると、まるで夜の森を一人で迷っているようだった。

ぼくはいつだって、道の迷子のようにおどおどした態度で周囲に向き合っているように思う。

自覚はしている、けど直せない。道は始まったばかりなのに、ぼくは自分の足でどちらに歩けばいいのかと、ずっと誰《だれ》かの顔色を窺《うかが》っている。だけど、その誰かは道に現れない。

だから何かに怯《おび》えたまま、ずっと同じ場所にいる。……なんて、変なことを時々考える。

ぴかぴかに磨かれた階段で足を滑《すべ》らせることなく、一階に下りた。一階はどの部屋からも照明の光が零《こぼ》れていない。時計の針の音がどこかから聞こえてくるけど、それだけ。ぼくはお父さんとお母さんの足音や息遣《いきづか》いを別々に、その僅《わず》かな差まで細かく感じることができたけど、どちらもないことにホッとする。そうして安心して歩いていたから、居間の前を通って中を覗《のぞ》いたときに、お父さんの姿があったことに息を呑《の》むほど驚《おどろ》いた。

お父さんが居間から続く縁側《えんがわ》で窓に手をついて、夜空を見上げていた。漠然と自然を観賞しているんじゃなくて、何かを必死に探すように、細めた目は険しかった。その横顔の鋭《するど》さに、ぼくはかける声の形を見失う。足も止まって、ぼくは行き場を失った子供のようにその場で、溜《た》めこんだ息を吐く。吐息《といき》は震《ふる》えて、空気にぶつぶつと細かい粒がくっついているみたいだ。

お父さんはすぐにぼくの気配に気づいて、姿勢はそのままで首だけ振り向く。背丈が凄《すご》く高くて、目は細い。鼻の筋が通った容姿は、近所のおばさんたちが色々と噂《うわさ》するほどで、小学校の同級生の女子にまったく相手にされていないぼくとは大違いだ。今なら、お前は私の本当の子供じゃないんだ、とかいきなり告げられても、みんな知ってるよ、だからこんなに差があるんだ、と卑屈に納得してしまいそうだった。

そのお父さんが、ぼくを真《ま》っ直《す》ぐ見ている。ぼくはすぐに目をそらした。いつも通りに。

「夜中に何をしている？」

「あ、い、あの、トイレっ」

お父さんの少し威圧的な声に、胸をどんと押されたようだ。空気が喉《のど》の中でくるくると裏返るみたいで、喋《しゃべ》りづらい。それでもなんとか用事を答えたつもりだったけど、お父さんには届かなかったみたいだ。お父さんは少し耳が悪いのか、たまにぼくやお母さんの言葉への反応が遠くなる。そういうときは決まって、小首を傾《かし》げて澄んだ瞳《ひとみ》を少し揺らす。

「腹でも減ったのか？」

違う違う、とぼくは猛烈に首を横に振った。尿意《にょうい》が悪化して、下半身が痛くなってきた。もうふとんの中で漏らしてもいいから、このまま踵《きびす》を返して階段を上りたい。

そう思ったとき、お父さんの声がまたぼくの鼓膜《こまく》を揺らす。意外な振動数で。

「残念だ」

「えっ？」

思わず、逸らしていた目線をお父さんに向ける。お父さんは窓から手を離《はな》して、無表情だけど少しバツが悪そうに後頭部を掻《か》いた。

「小腹《こばら》が空《す》いたというやつでな。ラーメンでも作ろうかと思ったが、一人分はちと多い。だからお前と分けて食べようかと思ったんだが……残念だ」

お父さんは本当に残念そうに言う。ぼくはそれがなんだか新鮮で、一歩、前へ踏《ふ》みこむ。

「た、食べる。食べるよ、一緒に」

「そうか。それは嬉《うれ》しいな。一度くらい、こういうのもいいだろう」

棒読みめいた口調だけど、お父さんが珍しくそんな感想まで呟《つぶや》く。ぼくはなんだかそれが嬉しくて、尿意《にょうい》の痛みとか、居心地の悪さを忘れかけてしまう。少なくとも前者は、忘れっぱなしだと問題になるような気がしたので、慌《あわ》てて思い出した。

お父さんがもう一度、窓の外の夜空を見つめる。ぼくは釣《つ》られて、廊下に立ったまま空を一緒に見上げた。薄《うす》く引《ひ》き延《の》ばされたような雲が電柱の奥に流れて、電線がピアノの黒鍵《こっけん》を描くように走っていた。ぼくが小学校の行き帰りに見るその風景に、何も特別なものはない。お父さんは、何を必死に探しているんだろう?

ぼくの視線が気になったように、少し慌てた態度でお父さんが窓際から離《はな》れる。ぼくの側《そば》まで、寝室で寝入っているお母さんを気遣《きづか》うように、音を立てないようにして近寄ってきた。

廊下で側に立つお父さんは、やっぱり大きい。忘れてもよかったはずの居心地の悪さが、また蘇《よみがえ》ってくる。ぼくは肩を萎縮《いしゅく》させて、お父さんが歩きだすのを待った。

後ろについていこうと思ったのだ。ぼくは先頭を歩けるようなやつじゃない。

「……?」

お父さんが側に来て、夜に順応したぼくの目や肌が、微《かす》かな違和感に気づく。お父さんからは五月の夜とは異なる、軽い蒸し暑さが漂《ただよ》っている。お風呂《ふろ》か、それともシャワーを浴びた後みたいだ。服も今、寝間着《ねまき》に着替えたばかりみたいにパリッとして、線がない。寝汗でもかいて、着替えたのかな。ぼくもシャワーを浴びたくなってしまう。

おどおどと、動かないぼくの背中を手のひらで軽く叩《たた》きながら、お父さんが言う。

「母には内緒にしておいてやる」

「……うん」

ぼくがお母さんに疎《うと》まれるのはこうやってお父さんに懐《なつ》くからなのかな、と思うけれど、それはぼくら三人の誰《だれ》かがこの家からいなくならない限り、変わらないのだろう。

日中に不用意に空を歩いていれば、目撃談《もくげき》は幾《いく》らでもありそうなものだ。テレビ番組の企画で取り上げられるだろうし、雑誌でも謎《なぞ》の飛行物体として特集が組まれるのは間違いない。そうやって騒《さわ》がれるのが好ましくないから、【彼ら】は【空を歩く男】の捜索を俺《おれ》に命じたのかもしれない。しかし殺せとも、捕まえろとも命令されていない。ただ、捜《さが》せと言ってきた。

俺が探偵《たんてい》として担当している範囲は日本列島全域というわけじゃない。だから、この地域のどこかに【空を歩く男】がいるという確信が【彼ら】にはある。

見かければそれで終わりのお仕事です、と言われて楽そうだと真っ先に思う頭ならよかったが、生憎《あいにく》と俺《おれ》は色々と疑ってしまう性格らしい。なんだそりゃ、と首は捻《ひね》られたまま、一向にそれが解決する兆《きざ》しはない。【空を歩く男】を見つければ、少しは納得できるのだろうか。

だが『空を歩いている人を見ましたか』と道行く人に聞きこみすることは意外と難しいものだ。知らなければ露骨《ろこつ》に変な顔をされる。知っていればどんな反応を示すかは、未経験。

俺は煙草《たばこ》を模《も》したように唇でくわえたカロリーメイトを上向きにして、夜空を仰《あお》ぎ見《み》た。

夜の公園のベンチにいた。事務所は少し遠いので、捜査が煮詰まるまで帰らない。あそこには俺の協力者もいるのだが、今回は役に立たないようだ。協力者、は少し変わった女なのだが、『音』に強い。街の音を全《すべ》て聞き取ってしまう、不思議な女だ。【彼ら】ではない、と説明されたがその容貌《ようぼう》と相まって、怪しいものだ。何しろあの女には顔がない。文字どおり、顔のパーツがほとんど『奪われた』女だ。視力というか眼球そのものを失い、更《さら》には鼻もない。しかしそれ故《ゆえ》に聴覚《ちょうかく》が異常発達したと説明された。だけどその耳でも、空を歩く音を探し出すことはできない。一度も耳にしたことがなければ、他の音と区別できないからだ。

公園にはユーモラスな顔を模して、目鼻や口の形だけでなく、フェイスラインが年季によって崩壊《ほうかい》しつつある遊具や、水がない代わりに黒い染《し》みのこびりついたプール、それに煌々《こうこう》と輝いて、古びたクモの巣を映し出す自販機が二台並んでいる。滑《すべ》り台《だい》の終わりに続く砂場には乾燥した犬の糞《ふん》が転がっていて、鉄棒は触れただけで錆《さび》がべったりと手にくっつく。先程、公園内を一周しての実体験だ。

公園には懐《なつ》かしいという気持ちがない。いや、俺は何に対しても今の視点からの感想しか思い浮かばない。過去も未来も、去来するものはなかった。

俺は自分の生い立ちに関する記憶が何もないのだ。どうして失ったのか、或《あ》るいは初めから何もないのか。それさえも分からない。俺の中にあるのは自分が【冥王星《めいおうせい》O】という極めて特殊な探偵《たんてい》であること、それだけだ。社会常識の類《たぐい》も一応、残ってはいるが【冥王星O】に与えられる依頼《いらい》は、そういったものがまるで役に立たない内容ばかりで困る。

ひょっとすると、俺の記憶は【彼ら】の力で弄《いじ》られているのかもしれない。それぐらいのことは、【彼ら】の力なら造作《ぞうさ》もないだろう。人間の限界は【彼ら】の始まりにすぎない。

空を見続けていたら首の後ろが疲れたので、ベンチから立ち上がる。尻《しり》を払って、またふらふらと公園内を散策する。ホームレスも住み着いていない公園は静寂で、時々、闇夜《やみよ》を裂くようなヘッドライトと共に、車が側《そば》の道路を走る音だけが聞こえてくる。

くわえていたカロリーメイトの生地が唾《つば》でふやけ出したので、散歩しながら齧《かじ》る。荷物はベンチの上に置きっぱなしだが、盗《と》るやつもいないだろう。もし見つけたら、そいつの首根っこを捕まえて、一晩の話し相手にするのも一興《いっきょう》かもしれない。

口の中に広がるチョコ風味と、乾いた食感を味わいながらブランコの方に向かう。ブランコに郷愁《きょうしゅう》を感じるわけじゃないが、目に入ったことでそこに引き寄せられていく。ブランコと柱を繋《つな》ぐ、冷たい鎖《くさり》を握《にぎ》りながら板きれの上に飛び乗った。膝《ひざ》を屈《かが》めて、キイキイと鳴る、塗装の剝《は》げた鎖を強く摑《つか》みながら、ブランコを揺らす。正直、面白《おもしろ》くもなんともない。ガキはなんでこんな遊具にキャーキャーはしゃげるんだ？

そんな疑問が浮かぶ割にそのまま揺らし続けながら、同時に脳も少し揺する。

俺《おれ》は時々……いつもか？　口には出さないが【彼ら】について考える。

勧善懲悪《かんぜんちょうあく》のお話でいう、人間に害をなす魔族《まぞく》。【彼ら】はその魔族なのか？　食物連鎖《れんさ》の頂点に立つ【彼ら】は俺たち人間を、娯楽という形で食い物にする。昆虫図鑑《ずかん》という発想を推《お》し進《すす》めた場所で、【彼ら】は人を蹂躙《じゅうりん》する。それが公《おおやけ》となれば人類の反抗を疎《うと》ましがり、【彼ら】は人を滅《ほろ》ぼすのだろうか。

その魔族の手先となって、人間社会を歩き回る俺は何者だ？【冥王星《めいおうせい》O】とは、なんなのか。

俺が本当に探すべきものは【空を歩く男】ではなく、未《いま》だ人類が辿《たど》り着けない冥王星への道なのかもしれない……「なんてな」

ブランコから飛び降りて、砂利《じゃり》の上に屈《かが》む。地面に手をついたまま、目を瞑《つむ》った。

【彼ら】なくして、俺は生きられない。それだけが今の俺の確かなものだった。

街のどこかに、空を歩く非常識な男がいる。そして捜《さが》しだす。俺のやるべきことはそれだけでいい。寄り道すれば怒られるのは、小学生も探偵も変わりない。

手のひらの砂と小石を払いながら立ち上がる。

その途中、顔を上げる際に夜空に何か光るものを見た気もしたが、まさか【空を歩く男】が発光したわけじゃないだろう。

きっと飛行機かなにかだ。

与えられた道を歩くしかない俺に、空を飛ぶものは関係ない。

♀

「なあ、隕石《いんせき》の話をどう思う？」

「えっ？」

「なんだ、知らないのかよ。朝のニュースぐらい見てこいよな」

朝の学校に行くと、教室のワルが開口一番、そんな話題を振ってきた。ワルの割にめったに遅刻はしない。ぼくは自分の席に移動してランドセルを置きながら、緩《ゆる》やかに首を振った。

「ご飯を食べているときにテレビを見ると、怒られるんだ」

ぼくは本当のことを話したつもりだったけど、ワルはつまらなそうに鼻を鳴らす。それからまだ登校してきていない隣《となり》の子の椅子《いす》に腰かけて、得意そうに話しだした。

「昨日の夜、隣町に隕石が降ってきたんだぜ。森ん中か山ん中かしらないけどさ、とにかく結構デッカイのが落ちてきたんだ。スゲーだろ」

まるで自分が隕石《いんせき》を降らせたように、自慢《じまん》げにワルが語る。ぼくは夜と隕石という言葉に、昨日のお父さんのことを思いだす。お父さんは夜空に隕石の光を見たのだろうか。

「どう思う？」

椅子《いす》の上であぐらをかいたワルがもう一度、ぼくに感想を求めてくる。ぼくは教室を一瞥《いちべつ》して、他の子たちがまだ少ないことを、視線がワルに集まっていないことを確かめてから口籠《くちご》もる。

「どうって、」「ああまだ話終わってなかったわ、悪い悪い。でな、隕石って宇宙から来たわけだろ？　夢がないか？　オレたちは一生かかっても宇宙行けると思えないのに、あっちから勝手になにか来たわけだぜ」

「かもしれない」

「いや絶対そうだって。だからな、なんか隕石に秘密があるんじゃねえかってわけだ」

ワルが跳《は》ねて、椅子の足をガタガタと揺らす。ワルは教室中のどの席に勝手に座ろうとも、誰《だれ》も文句を言わない。ワルは席替えの意味があまりなくて、少しうらやましい。

そして続きの話まで全部聞いて、恐縮なのだがぼくは石に夢を感じない。触れて感じるものはその冷たさと硬さだけだ。してみるとぼくの家族の性格は、石のようだと表現していいのかもしれない。冷たさにも心地よさと、寒気をもよおすものの二種類がある。

「なに、お前はなーんにも感じないわけ？　夢とロマン」

「まあ、うん。ぼくはそれより、今日の給食のメニューに胸を弾《はず》ませてるし」

今日は揚げパンとヤキソバに、野菜のおひたし。その中でぼくがワクワクするのは、揚げパンだった。甘いものを家であまり食べられないから、普通以上に期待してしまう。

「なに、揚げパン？」

「うん」

「揚げパンなんかが宇宙からの物体に勝《まさ》るわけ？　逆にスゲーな、お前。給食の食べ方で褒《ほ》められるわけだよなー」

「揚げパン嫌いなの？　じゃあぼくにくれないかな」

「やだよ。一個余るんだからそれ貰《もら》えばいいだろ」

ワルがいかにも悪《わる》だと思わせる笑い方を伴って、後ろの席に振り向く。

「そういうわけにもいかないよ」

返事をしながら、ぼくもその席の方を向いた。今はまだ他の子も登校してきてないから、その席の空白はめだたない。ぽっかり空いた穴がめだつためには、周りを埋めないと。

ぼくたちの教室はいつも全員揃《そろ》わない。ぼくの左斜め後ろの席は、掃除のときにしか机と椅子が動かないのだ。だから椅子や机の高さも調整してなくて、めちゃくちゃに伸びている。

五年生になって、五月の中旬まで一度も登校していない子が一人いる。名前や性別も知らないその子の家へ、給食のパンやデザート、プリントを運ぶのが日直の放課後の仕事だった。

ワルがその不登校の子の席を見て、思い出したように言う。

「そーいや今日、オレが当番なんだ。一緒に来いよ」

本当はどうして？　を最初に言いたかった。でもワルが相手だと少し怖くて本音が引っこむ。

「ぼく？」

「めんどくせぇからついて来い」

意味が分からない。結局、ワルがその子の家へ行くことに違いはないのに。ぼくがもごもごと口籠《くちご》もっている間に、ワルは返事を捏造《ねつぞう》してしまったらしく、「じゃー放課後な」と軽《かろ》やかに離《はな》れていってしまった。呼び止めても止まりそうにないから、そのまま見送る。ワルは自分の席に座って、大人しく本を読んでいた女の子にちょっかいをかけだす。楽しそうだ。

嵐《あらし》とまではいかないけど、春一番のように過ぎ去ったワルを目で追うことを中断して、ランドセルを開く。教科書とノートを取り出して、机の引き出しに入れた。小さな引き出しはそれだけでいっぱいになる。左側に教科書とノートで、右側は定規《じょうぎ》や分度器に、笛とかが置いてある。本当は定規とかも毎日持ち帰らないとダメらしいけど、守っている子はあまりいない。

鉛筆の粉で薄黒《うすぐろ》く汚れた机に頬杖《ほおづえ》をついて、時計の針が早く回らないかな、と時計を見上げる。針が早く回って、給食の時間が来ればいい。その後は、どうだろう。普通に回ってほしいのか、それともゆっくりがいいのか。ぼくは家も学校も苦手で、落ち着ける場所と時間がない。放課後に塾や習い事へ行かされることを嘆《なげ》く子もいるけど、そんな話を聞く度《たび》に代わりたいと希望してしまう。家と学校の時間が丁度《ちょうど》、半々ぐらいで一日を占めているぼくに、誰《だれ》か別の時間をくれないものか。それこそ、スーパーーへ万引きに行くとかでもいいのだ。

ぼくもたまには決められた場所を行き来するだけでなく、寄り道してみたい。

そんな風に空想していたらいつの間にか時間が過ぎ去って、朝の会が始まる。先生の退屈な話し声に、他の子の喋《しゃべ》り声。どれもぼくから距離《きょり》があって、言葉の形があやふやで、子守歌のように聞こえてくる。昨日、あの後もあまり眠れなかったのに、今頃になって眠気が酷《ひど》くなる。こっちの都合はおかまいなしだ、ワルみたいに。

ぼくは何度も続くあくびが止まるように、小さな隕石《いんせき》が自分の頭に降ってくればいいと思った。

♇

「本当に見たんですか？」

「ええ、ええ。見ましたよぉ。西の空にふらふらと飛ぶ物体をですねぇ、見ましたねぇ」

「……あの、これテレビのUFO特番じゃないですから」

「そうですよぉ、本当に見ましたもの。あの頃《ころ》は良い時代でねぇ、ジャガイモがねぇ……」

「……ありがとうございました」

信憑性《しんぴょうせい》の低い情報は、混乱を深めるだけなのであまり歓迎できない。田んぼで作業をしていた、日差し対策が完璧《かんぺき》なお婆《ばあ》さんに聞きこみをしてみたものの、苦笑いが浮かんでしまう。午前中は聞きこみに徹《てっ》した。空を歩く人、と直接的に尋《たず》ねても色よい返事は貰《もら》えそうにないので、空飛ぶ物体についてと質問を少し脚色して。どちらにしても、近所に住む主婦や通学路で黄色い旗を持つ当番のお母さん方から、核心に迫る目撃《もくげき》談は得られなかった。昼になってからは、夜を明かした児童公園から一時間近く歩いて、都市部の雰囲気《ふんいき》が大分薄《うす》れた田園地帯に足を運んでいた。人の多い地域で空を歩く男が活動していれば、目撃談が豊富になりそうなものだ。ならないなら、人気の少ない土地で細々と空を闊歩《かっぽ》しているのではないか、と考えてみた。

それが少し長い散歩の、第一の理由。話をしてもらった、緑色のもんぺを履《は》いたお婆さんに会釈《えしゃく》して畑から離《はな》れる。お婆さんはまだ話し足りないように、未練がましく俺《おれ》を目で追っていたが、ある程度の距離《きょり》を取ると作業に戻った。お婆さんのパーソナルペースから外《はず》れたのだろう。そのまま田んぼ沿いの道路を歩いて、足下の小石を前へ、前へと蹴《け》る。

「痒《かゆ》い」虫刺されで少し腫《は》れた頬《ほお》を掻《か》く。五月晴《さつき》れと称される昼間はカラリと暑くても、夜の公園は冷えこんでいた。その上、羽虫《はむし》まで飛び交って人の顔を弄《いじ》くってくる。散々《さんざん》だ。

やはり金を惜しまずに、ホテルにでも立ち寄ればよかったかもしれない。

ついでにもう一つ後悔すると、聞きこむ相手を間違えたかもしれない。でも近くにあのお婆さんしか見当たらなかった。人間より農作物の方が圧倒的に多い、緑黄の土地柄は民家ごとの距離が遠い。回覧板を回すのも面倒そうだけど、あのお婆さんみたいにみんな、のんびりと生きているのだろうか。

電線や鉄塔に止まる鳥たちも慌《あわ》てることなく、羽を繕《つくろ》っている。

そんな忙《せわ》しない町並みから外れた、のどかな風景を右手に見渡しながら、視界に収まったものに一度頷《うなず》く。そしてぼやく。

「さぁーって、と」

どうしよっかなー。上着に手を入れて、拳銃《けんじゅう》の位置を確かめる。

今日は夜が明けてからずっと尾行されている。いや、公園のベンチで寝ていた頃から見張られていたのかもしれない。だから遮蔽《しゃへい》物の少ない道路を目指したのが、ここへ来た第二の理由。

状況に変化があるということは、空を歩く男に確実に近づいている、と思いたい。だから公園から敢《あ》えて離れてみたが、それでも追ってくるか。

相手は黄色で楕円《だえん》形に近い自動車に乗って、のろのろとした速度で俺を追い回してくる。既《すで》に尾行を隠《かく》す気もないらしく、交通量が先程からほとんど零《ゼロ》に近い道路で堂々と徐行運転している。振り返ると、運転席でハンドルにしがみつくような姿勢でいるオバサンと目が合った。五十代前半と思《おぼ》しきオバサンが、骨と皮だけにしか思えない顔面を引きつらせる。昨日の公園の遊具にあった顔に重なるそれは、笑顔なのだろうか。釣《つ》り上がる唇の端がジャガイモの皮のように変色して、目玉は転《ころ》がり落ちそうなほど見開かれて、黄色く濁《にご》っている。顔色含めて、藻《も》や苔《こけ》の繁殖《はんしょく》以外の要因で汚染された川の色みたいだ。化粧っ気がなくて、顔立ちに生活感が染《し》み出ていないのも不気味に尽きる。失礼ながら第一印象としては最悪だ。

外見から執拗《しつよう》さの滲《にじ》み出ていそうな中年で、人を追い回す相手としては十分、納得のいく配役だ。そして次に考えるべきは、何故《なぜ》、つけ回す対象が俺《おれ》なのかということだ。

俺が冥王星《めいおうせい》Oだから。【窓をつくる男】の話では、【彼ら】の中にも派閥《はばつ》があるらしい。そして他人の出世を面白《おもしろ》く思わない連中がいることは、人間社会と変わりないとのことだ。

【彼ら】の社会で急速に頭角《とうかく》を現した【窓をつくる男】に寄せられた依頼《いらい》を実際に解決する手足、冥王星O。その存在を疎《うと》ましがって、妨害に出るやつが現れるのは当然なのかもしれない。後ろの顔面凶器のオバハンがその類《たぐい》なのかどうか定かじゃないが、一応、人間ではありそうだ。

【彼ら】自らがこんなふうに表立って行動することはまずない。そんなことをすれば、そいつは同族である【彼ら】の手にかかって存在を消される。【彼ら】に同胞への慈悲などない。

してみれば、俺とオバサンは同業者の可能性もあるわけだ。お互いに、クモの手足の一本。

「それなら俺も、【彼ら】のことを冷血だと言ってられないか」

理由のプラスアルファで思いつくのは、【空を歩く男】を捜《さが》しているから。両方、片方、或《あ》いはまったく別の動機で付け狙《ねら》われる。なにしろ俺には、過去の記憶がない。

だが、過去がないってわけでもない……きっとな。【彼ら】が、俺を零《ゼロ》から完全に作り出したなんて、SF小説の世界を実現でもしていない限りは。

どちらにしても見知らぬババアに追い回されるのは気持ちいい状況じゃない。逃げて、なんとか撒《ま》きたいところだ。もしくは、せっかく人目の少ない場所にいるのだから、始末する。

そのどちらを選ぶべきか、今は少し悩んでいた。ここから発砲しても、運転席にある眉間《みけん》を完璧《かんぺき》に撃《う》ち抜《ぬ》くことは不可能だろう。となれば車から離《はな》れるか、近づくか。

俺が迷っている間にも、自動車は徐々に距離《きょり》を詰めてくる。今はあのお婆《ばあ》さんがいる田んぼの手前を通過したあたりだが、そのまま加速して俺を轢《ひ》き殺しにかかる可能性もあるわけで、こちらも決断は早急《さっきゅう》に済ませなければいけない。

オバサンの口元がなにか蠢《うごめ》いている。ナマコが腸《はらわた》を吐き出しているようだ。勿論《もちろん》、その音声を聞き取ることはできない。顔のない女なら、その声も鮮明に拾うことができるのだろう。連絡して、あの音声を中継して貰《もら》おうか。オバサンの動機が判明すれば、対処は幾《いく》らでも可能だ。

自動車から視線を離さないように心がけて鞄《かばん》を漁《あさ》り、無線機を探す。だが、見つからない。片目で鞄を覗《のぞ》きこむ。ない。顔のない女と連絡を取るための無線機を携帯していない。

「ワーォ」

自分のことだが、珍しいこともあるものだと妙に感心してしまう。冥王星《めいおうせい》Oであること以外、ほとんど記憶を活用していない俺が忘れ物なんてするとは。それもその冥王星Oの関連で。

もう少しぐらい、予定外の事態に翻弄《ほんろう》されていたいところだけど、命の危機が迫っているならそうもいかない。頭の中の予想がそのまま現実で肉を纏《まと》ったように、自動車が加速してきている。このままだと四、五秒のうちに俺《おれ》に接触できる範囲まで距離《きょり》を詰めてくるだろう。

運転手であるオバサンの派手に露出《ろしゅつ》した目玉が俺を捉《とら》えていることを確かめてから、威嚇《いかく》の意味で、懐《ふところ》から抜いた拳銃《けんじゅう》の引き金を引く。豆鉄砲よりは効果があるのか、銃声に怯《おび》えた鳥たちが一斉に飛び立つ。右肩に訪れる反動の痛みにしかめっ面《つら》となりながら、銃声に紛《まぎ》れて割れたフロント硝子《ガラス》の破片を睨《にら》む。オバサンの顔も一瞬《いっしゅん》、車内へ飛びこむ硝子に目が向く。

その目が前へ戻らないうちにもう一発、弾丸を発射する。当然、オバサンへの致命傷狙《ねら》い。死ねばいい、と祈りをこめて引き金を引いた。第二の銃声で、鳥の錯綜《さくそう》が空で極《きわ》まった。二発目の銃弾がどこを貫通したか定かじゃないが、前屈《まえかが》みの姿勢で運転していたオバサンがハンドルを握《にぎ》りしめながら身を縮こまらせて、車を畑側へ滑《すべ》らせる。急停止の音が階段を駆け上がるような調子で耳に迫ってきた。車があげる、つんざく悲鳴といったところか。

しかし相変わらず、人を撃《う》つことへの罪悪感は凄《すご》いな。あっという間に吐き気を催して、胃液の味が喉《のど》ぼとけの側《そば》まで迫《せ》り上《あ》がる。特に今回は昼間だからか、格別の広がりだった。

しかし、目の前のオバサンを撃つことへの嫌悪感《けんおかん》ってなんだ？　思い当たることがない。

畑でなにか焼いていたオッサンが耳元を押さえながら、こちらの様子を窺《うかが》っている。老眼でも俺の右手に持つものは見えているらしく、怯えているようだ。少し離《はな》れた田んぼにいるお婆《ばあ》さんは、キョロキョロと左右を見渡して、音の出所《でどころ》を探しているようだ。その衰《おとろ》えぶりを拝見するに、やはりさっきの証言は信用できそうにない気がしてきた。元から話半分だったが。

それよりも車とオバサンだ。銃をしまってから車内に目をこらす。車の方は畑に前輪の部分まで派手に突っこみ、そのまま畑を突っ切って別の道へ走りだしそうなぐらいだ。距離としては、十メートルぐらいだろうか。あ、「ヤベェ」と半笑いで恐怖する。オバサンの、こちらを横目で睨んでいる形相《ぎょうそう》からはこのまま俺を追跡してくる気概《きがい》しか伝わってこない。今にも発進して、後退とかせずに畑を蹂躙《じゅうりん》しながらの突撃《とつげき》を再開してきそうだ。殺しても復活してきそうなバアサンにはもう付き合っていられない。

銃弾にも限りがあるので、これ以上の発砲は望ましくないという事情もあった。

畑の側に、恐らくは畑のオッサンがここまで乗ってきたであろう黄ばんだ原チャリが放置してある。だから万が一を考えて、原チャリの側で振り返って対処したのだ。

原チャリに持ち主の許可なく飛びつく。あ、ラッキー。鍵差《かぎさ》ったままだ。田舎《いなか》の人って管理がずさんだから好きよ。

「おじさーん！　ちょっと借りるわ！」

一応、許可を勝手に取っておく。シートに跨《またが》り、オッサンの反応を確かめることなくエンジンをかけて走り出す。見よう見まねで弄《いじ》っても、なんとか動かせるもんだな。

原チャリで直線の道路を走って車から逃げきれるかは怪しいが、市街地の方へ入れば小回りの利《き》くこっちが有利だろう。相手が再発進するまでの時間に、できるだけ距離を稼ぐ。

後方を振り返らずに、原チャリを加速させていく。免許はないし自動車学校にも通ったことはないが、自転車には乗れる。その要領で乗ればいい、とこの前に本で読んだ。

向かい風に横の髪が翻弄《ほんろう》されて、頬《ほお》の虫刺されが撫《な》でられる。くすぐったくて、目を細めた。

「やーれやれ！」

いつから俺《おれ》は、銃撃戦《じゅうげき》からカーチェイスまで幅広く担当するハードボイルド探偵《たんてい》になったのかね！

♇

「これ、なんて読むんだ？　しいや？」

「しいの、じゃないかな」

『椎野』と黒色のプレートに書かれた家の前で、ワルとぼくはそんな会話を交わす。しいやさんよりは、しいのさんの方が名字っぽかった。それで得意になるわけじゃないけど。

先生から貰《もら》った地図を頼《たよ》りに訪れた椎野さんの家は、集合住宅の中にある一軒といった感じで、塀《へい》はなく、駐車場は空っぽ。家の壁《かべ》にはクリスマスのときにもみの木に飾るようなイルミネーションが、少し薄汚《うすよご》れてくっついている。裏の勝手口の側には白い大きな袋が転《ころ》がっていた。半透明の袋の中身は見えない。ゴミかなにかだろう。

絶賛不登校中の椎野さん、或《ある》いは椎野くんが、この家の中にいるはずだ。それともゲームセンターとか市立図書館に出かけていて、いないかもしれない。そっちの方がよかった。

「よし、入ろうぜ」

結局、本当にぼくを連れてきたワルが家のドアに手をかけて、引っ張ろうとする。ちなみにワルは放課後、学校からここまで寄り道していないのにランドセルを背負っていない。道中でその件について尋《たず》ねたら、『他のやつにオレの家まで持って帰らせた』とのことだった。

まぁ確かに、ワルにはランドセルがあまり似合わない。正解かもしれなかった。

「先に呼《よ》び鈴《りん》押さないと」

隣《となり》でぼくが言うと、ワルは扉から手を離《はな》さないまま、「出るのかよ」と訝《いぶか》しむ。ぼくは「さぁ」と生返事。それよりもこんなふうに寄り道して帰る時間が遅れて、お母さんに怒られないか心配で、気が気じゃなかった。それでもワルの誘いを断って帰れない自分の及《およ》び腰《ごし》がもの悲しい。

「ま、いいや。一応押してみるか」

ピンポンピンポン、とワルが二回続けて呼び鈴を押す。乱暴な押し方で、二回目が一回目の音に覆《おお》い被《かぶ》さって、中途半端になっていた。悪戯《いたずら》か何かと思われそうだ。

ワルが押した呼び鈴の結果を待つ間、ぼくはドアから壁《かべ》、小石の敷《し》き詰《つ》められた駐車場とぐるぐる、落ち着きなく椎野さんの家を見渡す。その途中、表札の椎野の脇《わき》に『ＰＬ』と子供っぽい字で書き足してあることに気づく。ＰＬ。学園。ぐらいしかぼくには思いつかない。

「なぁ、誰《だれ》も出なかったら揚げパン半分こしないか？」

ワルがぼくの脇《わき》を肘《ひじ》で突きながら、悪魔《あくま》のささやきっぽいことを提案してくる。受け取らなかったら確かに、どうすればいいのかな。「それもいいかも」と、今回は同意してみる。今日も給食の揚げパンは美味《おい》しかったのだ。口には出せないけど、お母さんの料理よりも。

「ちっ、隕石《いんせき》のロマンは分かんないくせに」

ワルはあまり面白《おもしろ》くなさそうに唇を尖《とが》らせる。どう答えれば機嫌《きげん》を損《そこ》なわずに済むのか、最初に本人の口から模範《もはん》解答でも教えておいてほしい。

扉の向こう側から人の足音と気配がする。タタキをゴム製の草履《ぞうり》で歩く、ぺったんぺったんという足音だ。ぼくとワルは扉が開いたときにぶつからないよう、一歩引く。

「いるじゃん」とワルが横目でぼくを見て言う。

「お母さんとかじゃないかな？」

扉を押して出てきたのは、性別に限っては椎野さんだった。だけどどう見ても、ぼくたちと同い年には思えない。ぼくとワルが見上げたその女の人は、中学校か高校の制服姿だった。

「なに？　キミたち」

女の人がドアの側面に手をつきながらぼくらを見下ろして、首を傾《かし》げる。女の人の声は物静かで、ロウソクの炎が揺れるような印象を抱く。女の人は返事を待たずに言葉を続ける。

「小学生が何の用かしら？」

女の人の喋《しゃべ》り方《かた》とか声を聞いていると、薄暗《うすぐら》い部屋をちろちろとした炎でうっすらと明るくしたような雰囲気《ふんいき》になる。顔立ちは、美人と言っていいと思う。頰《ほお》から顎《あご》の線が綺麗《きれい》で、細長いイメージが整っている。伸ばした栗色《くりいろ》の髪が、落ち着きと若々しさを両立させていた。

ワルは見惚《みと》れているように無言で、ジッと、女の人を凝視《ぎょうし》している。女の人は反応がないことに軽く苛立《いらだ》つように扉を強く押して、本格的に外へ身体《からだ》を出してくる。

「用があるとしても、早く言えないのなら聞き届けられないと思いなさい」

「いえ、あの、給食の、とプリント、を届けに」

「給食？　プリント？　……ああ、」と女の人が二階を仰《あお》ぎ見《み》るように、首を回す。

「淳の分を持ってきたのね」

「そ、そうです」

ワルが一向に返事をしないので、代わりにぼくがおどおどと答える。ジュン、というのが誰《だれ》か分からなかったけど、話の流れとしては、不登校の子の名前っぽい。

そんなぼくの態度をどう受け取ったのか、女の人は冷めた目でぼくらを一瞥《いちべつ》して一度家の中へ引っこむ。上がれとも帰れとも言われなかったので、そのままぼくらは立ち惚《ほう》けた。

「キレーなネーチャンだな」

ワルが女子の着替えを覗《のぞ》きでもしたように品なく笑って振り返る。ませたやつである。確かに顔立ちは整っていたけど、なんか、ぼくの苦手な雰囲気の人だったな。お母さんに似ている。

女の人がまた現れる。今度はクラスの連絡網《れんらくもう》らしき紙を持ってきた。それからぼくを、先生が持ち物検査でもするように厳しい視線で見据えてくる。

「そちらの子、名前は？」

「御家、サトアキですけど」

ソウメイとどちらを名乗るか少し迷ったけど、親も使う方にした。名前に反応したのか定かじゃないけど、女の人の目が一際《ひときわ》、細められる。指で連絡網を追うようにして、ぼくの名前を探しているようだ。身分証明、ってやつまでされないと入れないなんて、どういう家だろう。

女の人はぼくの名前を発見したらしく、指が止まる。そして何か考えこむような仕草《しぐさ》を交えてから、顎《あご》で『どうぞ』と家の中に招く。なんだか、警戒《けいかい》されているのかもしれない。それともぼくたちが全然、信用のないやつらに見えるのか。後者なら、ワルのせいだと思う。

そういえば、ワルの名前は確かめなくてもいいんだろうか。そう思って女の人の顔を窺《うかが》ってみるけど、もうその口はこの場で開かないように見えた。

一手間かけて椎野家に入る。タタキでサンダルの隣《となり》に揃《そろ》えて靴《くつ》を脱ぐ。ワルは適当に脱いだので、なんとなくぼくが揃えて置いた。それから、続く廊下や内装を見渡す。

廊下は横長で、正面には緩《ゆる》やかな螺旋《らせん》を描くような階段がある。黒檀《こくたん》のような色合いの床《ゆか》だけど、室内は全体として白を基調にしている。右手側にはコート類を引っかける棚があり、そこにぼくたちが通学のときに被《かぶ》る帽子もあった。真新しくて、汚れはまったくない。

椎野淳の姉っぽい女の人は左へ曲がって、既《すで》に廊下から姿を消している。先に廊下にあがっているワルが「早く来いよ」とぼくに促してくるので、二階へ続くであろう階段へ早歩きで向かった。消える寸前にお姉さんっぽい人はぼくらに指示するように二階を指差していたし、それに玄関で椎野淳の話が出たとき、お姉さんっぽい人がやはり二階を見上げていたので上にいるんじゃないかと考えたのだ。多分ワルも。

金属製の手すりを左手で摑《つか》んで階段をのぼる途中、後ろに続くワルがぼくに話しかけてきた。というより、命令してきた。

「お前がプリントとか渡してこいよ。オレはさっきのネーチャンと話してくる」

「え、いや、ダメ」

「どういう否定の仕方だよ、おかしなやつ」

あまり本気ではなかったのか、ワルはぼくの反応を面白《おもしろ》がって、破顔一笑《はがんいっしょう》する。からかったつもりなのかもしれない、よく分からない。ぼくが困惑すると、ワルは比例するように笑顔の純度を増した。足取りも軽くなって、階段の途中でぼくを追い抜く。抜き返す気はないので、そのまま先頭を譲《ゆず》った。

二階にあがると、家の匂《にお》いが少し変わる。変わるというか、希薄《きはく》になった。下の階に染《し》みついていた生活臭めいたものが洗い流されて、氷を舐《な》めたような味になる。壁《かべ》や床の模様は一階から続いているはずなのに、階段の途中から生き物の背中……そう、大きな生き物が家に擬態《ぎたい》しているみたいに思えてならない。足の裏がぞわぞわと震《ふる》えて、靴下の中で暴れる。

ワルの方はなにも感じないらしくて、さっさと二階の部屋を覗《のぞ》いている。階段に近い方の部屋から無遠慮《ぶえんりょ》に確かめて、「いない」という報告を二つ続けた。その度胸に、呆《あき》れるのを通り越して感心するということを初めて体験させられる。ぼくは流されるように、その後ろに続く。

最後に残った、階段から廊下をコの字に回りこんだ位置にある部屋を、ワルはノックもせず開く。閉じられていた扉は思いの外《ほか》勢いよく開いて、ぼくたちは室内に溜《た》まった空気に肌を呑《の》みこまれる。

そして、そこに赤銅色《しゃくどういろ》の少年がいた。

その少年、椎野淳は、部屋の中央で車いすに腰かけていた。木製の車いすで、作りたての揚げパンみたいな色だ。高級感っていうか、しっとりした感じの色合いと丸みのあるデザインで、ぼくが見たことあるような車いすからは、少しイメージが離《はな》れていた。

室内は、曇《くも》り空《ぞら》のような空気と色に満ちている。曇りと言っても真っ暗とかネズミ色じゃなくて、煤《すす》けた白って感じだ。部屋の正面の壁一面がガラスとなっていて大量に光を取りこんでいるのに、明るすぎて青空が伴っていないからちぐはぐに思える。

その光に包まれた部屋は、物が少ない。机が一つと、なんに使うか分からないような低い棚。それにベッド。部屋が広いからか、物のぽつりぽつりとした置かれ方が際立《きわだ》っている。

野球選手のポスターとかが壁《かべ》に貼《は》られていることもないし、音楽を聴《き》く機械類もないみたいだ。ぼくらが部屋に入ったとき、椎野淳は天井中央の電灯の紐《ひも》が風に揺れるのを見上げていた。

まさか、そうやってずっと時間を潰《つぶ》していたのだろうか。

ぼくらに気づいてか、後輪の外側にあるものを椎野淳が操作して後退する。駐車場に入る車みたいに後退の軌道を描いて、ぼくらの方、部屋の入り口に向き直る。

操作しているってことは自走式、ってやつだろうか。車輪の回る音が部屋に奏でられて、それは薄暗い部屋が新たに活動するための、歯車の回る音のようにも思えた。

「車みてーだな」

ワルが妙な感心の仕方をする。椎野はその言葉を受けて、薄《うす》く唇を緩《ゆる》めて笑う。

「車いす、だからね」

初めて耳にする椎野の声は、ぼくらと同い年に見える顔に似つかわしくない、角のない調子だった。円熟している、って言えば適切なんだろうか。穏《おだ》やかで、何の特徴もない声質だ。

「君たちは？」

椎野淳が、その赤銅色の人目を惹《ひ》く髪を艶《つや》やかに揺らして、小首《こくび》を傾《かし》げる。椎野淳はぼくらより小柄で、背の順で並んだら男子の列では先頭争いになりそうだ。瞳《ひとみ》の色はエメラルドに近く、髪と相《あい》まって外国の少年という雰囲気《ふんいき》が漂《ただよ》っている。学校に来れば、女子に大人気になりそうな整った容姿が、穏和《おんわ》に微笑《ほほえ》んでぼくらの返事を待っている。つい、萎縮《いしゅく》してしまう。

「おう、感謝しろよ。オレたちはわざわざ、プリントとパンを届けに来てやったんだ」

床に許可なく座りこんだワルが、椎野淳に恩を着せるように答える。ワルが先に座って、一人立っているぼくがめだっている気がして思わず俯《うつむ》く。ここには椎野淳とワルとぼくしかいないのに、もっとたくさんの人の目線を錯覚《さっかく》してしまう。

「でもさ、正直いらねーだろ？　お前、学校来ないんだし」

もう少し言い方がありそうなものなのに、ワルはあけっぴろげだ。隣《となり》にいるぼくの方が怖くなってしまう。一方、椎野淳はそんなワルの発言を面白《おもしろ》がるように、大きく頷《うなず》いた。赤銅《しゃくどう》の髪が動く様《さま》は、まるでまだ火の残った燃えかすが舞い散るようだった。お姉さん同様、ある種の儚《はかな》さを感じさせる。

「まったくだね」

「ということで、パンは貰《もら》う。ほれ、半分やるよ」

ビニール袋に入っていた揚げパンを目分量でちぎって、その半分をまだ立ち惚《ほう》けているぼくに差し出してきた。ぼくがその揚げパンの断面を見下ろしていると、ぐいっと押し出してきた。

「好きなんだろ？　揚げパン。早く持てよ」

「うん……」

受け取るための手をそろそろと伸ばしながらも、椎野淳の様子を窺《うかが》う。椎野淳は年下の子供のやり取りを眺《なが》めるように、にこにことぼくたちを見ている。なんとなく、気恥ずかしい。

「じゃあ、」と手に取った半分の揚げパンを更《さら》にちぎって、椎野淳に差し出す。さすがに、渡しに訪れたのに、全部食べきってしまうのはどうかと思う。

全部貰うことが当然のはずの椎野淳は「ありがとう」と穏《おだ》やかに礼を返して、揚げパンを受け取った。椎野淳が座る車いすの色と似ているパンは、木の棒かなにかを手渡したようにも見える。でも勿論《もちろん》そんなことはなくて、椎野淳の薄《うす》く、血色のいい唇が揚げパンを簡単に頬張《ほおば》った。

「うん、甘いね」

パンの表面にまぶされているシナモンが口の端にくっついて、それを指で拭《ぬぐ》って舐《な》めながら椎野淳が顔をほころばせる。その笑い顔は幼いのに、やはり声はツルツルとしている。教室にいる男子はもっと、キンキンと荒い声なのに。声変わりがもう済んでいるのだろうか。

揚げパンを食べる前に、日直の仕事を済ませようとクリアファイルを部屋の机に置く。本来、これはワルの仕事だけど、彼は揚げパンを口に含んで、唾液《だえき》でふやかす作業に忙しそうだった。

「これは椎野くんのプリント。保健だよりと、学級プリント、」

「ついの、だよ」

柔らかい声で、注釈を本の外にでも付け足すように訂正してくる。ぼくとワルは顔を見合わせた。その間に、訂正の続きが本人の口から語られる。

「僕の名前はツイノ・ピーエル・ジュン。椎野・PL・淳だね」

まるで変換でも挟《はさ》んだように二度、自分の名を呟《つぶや》く。ワルがぼくより先に、その自己紹介に対して突っこんだ。ついでに口の中のパンも飲みこむ。

「なんだよ、ピーエルって」

「僕はハーフだから。いや、今はダブル？　呼び方、なんだっけ。とりあえず、混血なんだ」

「ふうん、フランス人みたいだな」

またワルが妙な風に感心する。あぐらをかいて腕を組み、「うんうん、フランスだ」と一人頷《うなず》いている。ぼくの方は、表札に継《つ》ぎ足《た》されていたPLはそういうことか、と納得していた。それに髪や目元が確かに、日本人の色合いじゃない。

「フルネームだと一々《いちいち》面倒だし、好きに呼んでくれていいよ」

「じゃあシイノでいいだろ、もうオレはそう思ってしまったわけだし、変えられねぇ」

「いいんじゃないかな」

椎野淳、いや同級生だし椎野くんと呼ぶけど、彼は寛大なのかいい加減なのか、あっさりと名前の読み違いを受け入れる。いつまでも、本名で誰《だれ》にも呼ばれないことが気になっていたぼくとは大違いだ。椎野くんは揚げパンを食べ終えてから、苦笑いのように顔のパーツを傾ける。

「でも珍しいな、姉さんが家に人をあげるなんて。プリントを届けに来た子はいつも、家の外まで来たら帰しちゃうのに」

「オレのことが気に入ったんじゃねーかな」

間髪容《かんはつい》れずに身を乗り出し、揚げパンを放り出すようにしてワルが即答する。

「かもしれない」

やっぱり、いい加減なだけの気もしてきた。

「君たちも名前を教えてくれる？」

話の流れから、或《ある》いはワルの返事を受け流すように話題を変える。「なんだ、知らないのかよ」と不登校の子に無理難題をぼやきながらワルが自分の名前を名乗った後、椎野くんの視線の移行とともに、ぼくが続いて自己紹介する。

「御家サトアキ。今日はこっちの、付き添いみたいなもの」

「オイエ？　サトアキ？」

椎野くんが目を丸くする。二重まぶたの隙間《すきま》を埋めるように見開かれた緑の目玉は、充血と無縁の白磁《はくじ》に染め上げられて、作り物めいている。シャンデリアの飾りに使えそうだ。

ぼくは自分のその想像にゾッとする。そんな気持ち悪い発想、どうして思いついたのか。

「え、と、なにか気になった？」

想像もつかないような理由で（名前の文字数が気に入らなかったとか）機嫌を損ねたのかと思って、なんとか取《と》り繕《つくろ》おうと、椎野くんの調子を下手《したて》に窺《うかが》う。椎野くんは風船を丁寧《ていねい》に萎《しぼ》ませるように、表情をまた柔和《にゅうわ》なものへと戻した。スペアの顔と交換するように、その笑顔は先程までのものと寸分、狂いがない。

「ああ、御家さんって名前に聞き覚えがあって。多分、君のとこのお父さんは、僕の父と同じ職場で働いている人だと思う。昔、会ったことがあるんだ」

「へぇ……」

お父さんと。そういえば、お父さんの仕事ってなんだろう。毎日、背広姿で家を出て行くからサラリーマンだって勝手に考えていたけど。

「だから姉さんも、君の名前を聞いて家に上げたんじゃないかな」

「そうなんだ」

でもなんか、それにしては確認の流れがおかしかったような気がするけど……ま、いいか。

「なんだ、オレのお陰じゃねーのか」

さっきのは本気で発言していたのか、ワルががっくりと項垂《うなだ》れる。椎野くんはそのワルの反応にクスクスと、口元を押さえて笑い声を忍ばせる。ぼくも愛想《あいそ》笑いを零《こぼ》した。

それからぼくが、少し萎《しな》びた揚げパンを囓《かじ》っている間に、ワルが椎野くんに質問する。

「お前さ、足と頭ならどっちが悪いの？　オレは断然、頭な」

ワルは椎野くんの足についてを禁句とすることなく、単なる話題の一つとして見ているようだ。ぼくはその失礼に値《あたい》するほどの公平さを見聞きして、揚げパンを喉《のど》に詰まらせそうになる。

質問された椎野くんは、横で傍聴《ぼうちょう》しているだけのぼくよりずっと冷静な反応で、「んー」と唇に指を添えて目を泳がせる。眉間《みけん》のしわは怒っていることの表れじゃなくて、真剣に検討しているみたいだった。

「学校にずっと行ってないからなぁ、ひょっとして頭の方かも」

そう生真面目《きまじめ》そうに答える椎野くんの口調は大人びた知性に溢《あふ》れていて、どんなテストでも八十五点以下を取りそうにない印象を、ぼくに植えつける。

「ふぅん。やっぱ一人だと歩けねーの？」

「残念ながら」

「ずっと座っていたら、生活とか困るのか？」

今度は少し、ワルの質問が普通になる。椎野くんはまた、宙を睨《にら》むようにして考える。

「困ること……お尻《しり》とか腰が痛くなることかな」

「あーなんだ、授業中のオレと一緒か。お前、大したことねーなー」

ワルが足の裏をパンパンと打ち合わせて、喝采《かっさい》するように椎野くんを評価した。ぼくだったら概《おおむ》ね、気分を害する言い分ばかりだけど椎野くんは相変わらず、微笑を絶やさない。

ワルのような態度で接する人間はあまりいないだろうから、珍しがっているのかもしれない。この二人は気が合うのか、それとも、お互いに表面的にしか仲良くなろうとしていないのか。見ているだけのぼくには、揚げパンの味以外、なにも分からなかった。

「お前、隣町《となりまち》に隕石《いんせき》が落ちた話知ってる？」

ワルが椎野くんに、朝方のぼくのときと同様の話を振る。

「隕石？　知っているよ、ニュースで見た」

椎野くんが頷《うなず》く。すると、ほら有名だろ常識《じょうしき》だろ、って目でワルに一瞥《いちべつ》された。ぼくはワルから目をそらして、独特の気恥ずかしさから揚げパンに逃避《とうひ》する。小さく口を開けてかじりつこうとして、けれどその動きは次のワルの発言に遮《さえぎ》られて、上下の歯が空気を噛《か》む。

「で、その隕石《いんせき》を今夜見に行くつもりなんだけど。お前も来ない？」

ワルの大胆な誘いに、さすがの椎野くんの微笑も固まる。

ぼくも初耳だった。確かにワルは隕石にロマンとか興味を抱《いだ》いていたみたいだけど、まさか夜中に現場へ行くとか、そんな大《だい》それたことまで計画していたなんて。

「夜に隣町《となりまち》まで？　少し遠くないかな」

椎野くんが苦笑いを浮かべて、自分の車いすに視線を落とす。言外《げんがい》に、それが足枷《あしかせ》となっていることを告げる仕草《しぐさ》だった。けど、ワルはそれを一切無視して、自分の主張だけ口にする。

「だから楽しいんだろ。近所の、犬のクソだらけの公園まで遠足してもなーんにも面白《おもしろ》くない」

ぼくは公園までの散歩、結構好きだけどな。保育園のときはよく歩かされた。昼寝の時間に暴れ回らないように、疲れさせるためだ。ぼくらはそういう大人の考えをなんとなく理解しながら、それでも外の日差しをいっぱいに浴びて公園まで歩く。

公園に着くと、綺麗《きれい》な四角い飴玉《あめだま》が二個、貰《もら》えたからだ。ぼくの歩く理由はそれだけだった。

「歩くのは楽しい、のかな」

椎野くんが少し陰《かげ》るような顔で呟《つぶや》く。椎野くんの足は歩いたことがなくて、その車いすは生まれつきなんだろうか。ワルは大げさに首を横に振って、ふんと鼻を鳴らす。

「遠足ってのは、歩くことが面白いんじゃねーんだよ」

「じゃあ、なに？」

「知りたきゃ来い」

ワルが挑発的《ちょうはつてき》に、不敵に微笑《ほほえ》んで、椎野くんの問いかけを程良い強さで突っぱねる。椎野くんは若干《じゃっかん》面食らうように、顔全体から力を失ってぼうっとなる。肩の力も抜けていた。

椎野くんが窓の外をぼんやりと眺《なが》める。緑の瞳《ひとみ》が見つめるその景色は、鉄塔や畑、空模様に家の屋根瓦《やねがわら》と、様々な色と高さにあふれている。ただこの部屋特有の煤《すす》けた白さが加味されていて、時間が止まったような印象はどれも拭《ぬぐ》えていない。椎野くんも、その一部のようだった。

やがて椎野くんの視線がぼくらに戻る。正確には、ぼくを捉《とら》える。僅《わず》かな笑顔と共に。

「御家君も来るの？」

「つぇ？　ぼくは、いや、」「当たり前じゃん」なんでワルが答えるんだ。

いやいや、ぼくは無理。夜に外出なんてお母さんが怒るし、お父さんも許してはくれない。そうワルに言いたいのに、ぼくの口は噤《つぐ》んだまま、もごもごと動くだけだ。言葉を飴玉のように舐《な》めて、そしていつの間にか溶けて消えてしまう。

「お前、公園の場所は分かるんだろ？　だったら夜八時に公園の前に集合な」

ぼくの意思なんか何も確認せずに、ワルが椎野くんに集合場所を説明する。来ないかと誘っていたのに、ワルの中ではもう全員参加が決定しているようだ。

ワルのそういう強引さが、不登校の椎野くんの目にはどう映るのだろう。

「今夜じゃないとダメなのかな」

「ダメだ、オレが今日って決めたら、それ以上の日はもうない」

「そうかぁ……」

椎野くんが車いすに深く腰かけて、最初に部屋に入ったときのように天井の電灯を見上げる。でもそれは短い時間で終わって、綺麗《きれい》な線の顎《あご》を一度、鷹揚《おうよう》に引いた。

「うん、いいよ。行こう、いや行きたいな」

「よっしゃ！」

ワルが子供じみた、っていうのも変か。取り敢《とあ》えず、喜びの声をあげる。椎野くんはその大げさに飛《と》び跳《は》ねるような立ち上がり方とか握《にぎ》り拳《こぶし》の作り方に、プッと吹き出す。

そしていや、あの、ぼくは？　と取り残されて、むなしく二人を見つめるのが一人。

そんなぼくを慰《なぐさ》めるように、椎野くんが微笑《ほほえ》んで見つめ返してきた。その緑色の視線は、偏見かもしれないけど、笑顔の割に温かみが感じられない。きっと気のせいだろう。

ワルが用は済んだとばかりに部屋の入り口まで歩いて、ぼくを手で煽《あお》る。『ほら、帰るぞ』と命令するように、少し慌《あわ》てて。ぼくは食べ終えた揚げパンのシナモンがついた指で床《ゆか》を押して、釣《つ》られるように立った。いつの間に座っていたのか、自分でもよく覚えていない。

部屋の入り口まで移動してから、ワルが椎野くんに振り返って指差す。

「じゃーな。遅刻すんなよ。あと、オネーサンとかも連れてきていいぞ」

「あはは、分かった。姉さんには話しておくよ」

「おぅ、任せた」「あ、それじゃ。えと、さようなら」

ワルとぼくが、互いの言葉を被《かぶ》せるように椎野くんへ挨拶《あいさつ》する。椎野くんは最後まで笑顔のまま、その場で小さく手を振って見送った。扉を閉じる直前も、まだ振っていた。

「なんであいつ、学校に来ないんだろうな」

部屋から少し離《はな》れると、ワルがあまり興味もなさそうな口ぶりで言う。

「さぁ。学校に出てくるのが面倒臭いんじゃないかな」

椎野くんの穏和《おんわ》な人柄には、意外とそういう雰囲気《ふんいき》も似合いそうだった。

「あいつならクラスの女にチヤホヤされて、すっげー楽だと思うぜ」

ワルはどこか妬《ねた》むような調子でそう評する。ひょっとして、

「羨《うらや》ましいの？　チヤホヤされるの」

「バーカ」

ワルがぼくの額を小突《こづ》く。痛いのは慣れているつもりだったけど、思いの外《ほか》痛い。

「あんなガキ連中、オレの眼中にねーよ」

背伸びした子供が、同じ子供をバカにする。そんな構図が思い浮かんだ。

ワルを先頭にして階段を降りきって、タタキで靴《くつ》を履《は》く。ワルはその途中で振り返る。

「ネーチャンの見送りはなしか。残念」

サバサバとした口調で諦《あきら》めて、ワルが先に椎野家を出た。ぼくも一度振り返って、静まりかえった廊下や誰《だれ》も降りてこない階段を眺《なが》めた後、玄関の扉を押した。

外に出ると、家に入ったときから少し、風景が移り変わっていた。空の色は暮れ始めて、太陽の光から刺々《とげとげ》しさが消える。ぼうっと、空を見上げても拒絶感がない。見つめても目の痛まない太陽は、閉じた巨人の目玉みたいだった。

「でもなんで、知り合ったばかりの椎野くんを隕石《いんせき》見学に誘ったの？」

少し気になっていたことをワルに尋ねてみる。まさか椎野くんの不登校を解消しようと、ワルなりにお節介《せっかい》を焼いたのだろうか。

ぼくがそんな善行を想像してから二秒後、ワルはニッと歯茎《はぐき》を見せつけるように笑う。

「あいつと仲良くなったら、あの綺麗《きれい》なネーチャンに会いやすくなるじゃん」

その顔に嘘《うそ》とかいつわりはなく、ただ爽《さわ》やかな下心に満ちていた。

ぼくはその下心に対して、上滑《うわすべ》りするような愛想《あいそ》笑いしか浮かばない。

ぼくにとって大事なこともうっかりと忘れて、少しの間、乾いた笑い声をあげた。

マジでしつこいな、クソババア。

マジという言葉はどの年齢までの若者が用いていい表現なのか知らないが、俺《おれ》は多分、二十代半ばなのでこの状況に限り許してほしいものだ。フロント硝子《ガラス》に大打撃《だいだげき》を負ったまま、躊躇《ためら》いなく追跡してくるババアはまだ、俺の尻《しり》を追いかけてくる。もう一時間以上になるはずだ。

原チャリのガソリンがそろそろ尽きそうになっている。道行く人とすれ違って、後ろを行く自動車の損壊《そんかい》ぶりに俺までセットで注目されるのも飽きてきた。警察《けいさつ》の人が偶々《たまたま》後ろの違反車っぽいものを発見してどうにかしてくれるんじゃないかと淡く期待していたけど、こういう時に限って巡回のパトカーも見当たらない。救急車は一台見たけど、特に関係ない。

そもそも、盗難車に乗る俺も立派な違反車だ。警官に見つかったらマズイか。

やっぱりあの場から逃げずに殺しておけばよかった。後悔する。でも、罪悪感もある。人を殺す回数が多くなれば、順々に段階を踏《ふ》んで慣れていくというわけでもないみたいだ。

交差点で赤に変わる寸前の信号を無視して右折する。下校中の小学生が、フライング気味に横断歩道を渡ろうとしていて危うく衝突《しょうとつ》しそうになった。回避《かいひ》しようとしたら原チャリがドリフト気味になって、横滑《よこすべ》り寸前まで傾く。今日びの小学生は図太いというか鈍いというか、普通に曲がりきれていない原チャリが接近しても、友達と話すのを優先している。

「散れよクソガ、キッ！」

怒号《どごう》も時間がなく、中途半端な叫《さけ》びとなる。原チャリの体勢を立て直すのを諦《あきら》めて、そのまま道路を滑ることを決意した。摩擦熱を覚悟しながら、右の肘《ひじ》と膝《ひざ》で受け身を取る。原チャリの車輪が完全に地面から離《はな》れた直後、服を貫通して肉を焦がすような熱が俺《おれ》を襲《おそ》った。

小学生集団の周囲を迂回《うかい》する形で車道を滑《すべ》る。途中から歩道に乗り上げて、会社員やどこかの飲食店の制服を着ている女を驚嘆《きょうたん》させながら、原チャリをビルの壁《かべ》に激突させた。その衝《しょう》撃《げき》が胴体から脊髄《せきずい》まで貫通して、俺の呼吸は停止する。だが寝転《ねころ》んでいる余裕はない。呼吸がマトモにならないまま身体《からだ》を起こして、車道の方を睨《にら》んだ。横断歩道側の青信号が目に飛びこむ。

「くそっ」

惚《ほう》けて俺を見つめている小学生たちを睨み返して、悪態《あくたい》を吐《つ》く。お前らのために転倒したんだぞ、と言ってやりたかったがそれは最高に格好悪いので、グッとこらえた。

小学生を上手《うま》く避《さ》けて右折していたら、後方の自動車が間を置かずに突撃してくる可能性もある。あのオバサンの表情や執拗《しつよう》さなら、小学生の数人を巻きこむ程度はやってのけるだろう。くそ、こんなことで仏心《ほとけごころ》を出して、後悔しないといいんだが。エンジンかかりっぱなしの原チャリを放棄して、肘《ひじ》と膝《ひざ》が猛烈に痛む身体を引きずりながら、目の前にあったビルへ駆けこむ。絶対に数分後、この怪我《けが》の痛みを後悔しそうだった。

『黒岩《くろいわ》ビル』とプレートに印字された入り口を駆け抜けて、守衛の目も無視してエレベーターへ一直線。五秒でいい、人目につかない場所を目指す。そうすればこの追いかけっこの勝算があった。背後にもの凄《すご》い轟音《ごうおん》が聞こえてくる。あの自動車もどこかの壁に激突したのかもしれない。誰《だれ》も轢《ひ》かれてないといいとは思ったが振り返らない。もう知らんよ。

すぐにエレベーターが降りてきそうもないことに苛立《いらだ》ち、左右を見渡す。右手にはビルへの郵便物を入れるポストが設置されている。そしてその奥に、非常階段へ通じる緑色の輝《かがや》きを見た。俺は迷わずそちらへ駆け出す。通路の奥へ消える寸前、入り口にあのオバサンが駆けてくる姿を見た。その手には俺同様、拳銃《けんじゅう》が握《にぎ》られている。だから銃殺は諦《あきら》めて、逃げた。

扉を開けて、奥の階段を駆け上がる。その途中に『いる』ことを期待したが、そこまで俺を甘やかすつもりはないようだ。一段、二段と螺旋《らせん》を描く階段を上って屋上を目指す。足を踏《ふ》み外《はず》して階段を転げ落ちれば、そこで俺は終わりだろう。よしんば、あのババアを無事返り討ちにできたとしても『切り捨てられる』。

ここを上るのは生きるためというより、俺にはまだ利用価値がある、とあの男に証明するためだった。俺はまだ生きられる。俺は、冥王星《めいおうせい》Oだ。道も半《なか》ばに倒れてたまるか。

階下から迫る、靴《くつ》を破壊《はかい》するような足音に追いつかれないよう、歯を食いしばって走り続けた。足音はどちらも騒々《そうぞう》しく、他の音が聞こえるはずもないのに、傷口から垂れる血液の滴《しずく》が床に跳《は》ねる音が俺の鼓膜《こまく》を幾度《いくど》も揺さぶる。俺の、誰かから与えられた血液が失われていく。

妙な喪失感に襲《おそ》われながら、遂《つい》に階段の螺旋が終わりを迎える。頂上には安っぽい扉があり、その隙間《すきま》からは外の光がはみ出ていた。細い希望の光に飛びつく。

扉を開け放ち、襲いかかる風の音色に耳を覆《おお》い尽くされる。三半規管《さんはんきかん》の麻痺《まひ》の中で訪れる高揚感に歯を打ち鳴らして、傷口から流出した血液の温度に鳥肌を震《ふる》わせた。

「俺《おれ》の勝ちだ、ババア」

勝ち誇るしかない。脳のどこかが、そう命じてきた。

日輪《にちりん》を背負うように、夜の如《ご》き外套《がいとう》を羽織《はお》った男が立っていた。銀色の仮面、青色の瞳《ひとみ》、金色の髪。二世紀ほど過去の貴族の匂《にお》いを立ちこめさせる、優雅な立ち振る舞いと雰囲気《ふんいき》。

いつもどおりに、俺が追いつめられて袋小路へ逃げこんでしまったとき。

その男は現れて、俺に道を作る。

【窓をつくる男】が俺を先回りするように屋上のビルにいた。五月にしては冷たい風に吹かれて、その外套が翻《ひるがえ》る。外套の奥は、闇夜《やみよ》を覗《のぞ》くように黒色が控えている。

【窓をつくる男】の、本心のように窺《うかが》い知れない。

「手間かけさせて、悪い」

窓をつくる男は無言で、一度目を瞑《つむ》る。俺の予想以上に、今回の醜態《しゅうたい》に対して呆《あき》れているように見える。このまま俺が屋上から突き落とされても不思議じゃない雰囲気だった。

もっとも【窓をつくる男】ならそんな手間をかけなくても、俺を月面の側《そば》にでも放り捨てることは容易《たやす》いのだが。【窓をつくる男】が手元に白いチョークを握る。そして屋上の右隅《みぎすみ》に移動して、壁《かべ》に窓を描く。この男にかかれば、足場か壁さえあれば逃げ場は無限となる。そのチョークで道は自在に切り開かれて、きっと、そう、冥王星《めいおうせい》にだって行けるのだ。

作成した窓の脇《わき》に【窓をつくる男】が立ち、『入れ』、と手招きしてくる。【窓をつくる男】の指示を信用するしかない。それしかないのだ。窓の側《そば》まで駆け寄り、前屈《まえかが》みに身を寄せる。

一つしか道がないのなら、疑わず、振り返らず、真《ま》っ直《す》ぐ進むべきだ。

そのはず、なんだ。なのに俺はどうして、しかめっ面《つら》になっているのだろう。

何はともあれ逃走の試みは成功した。助かった、と確信して気が緩《ゆる》む。眠気《ねむけ》めいたものに襲《おそ》われて目元の焦点が霞《かす》んだ瞬間《しゅんかん》、窓をつくる男の無味無臭な声が冷風のように降りかかった。

「無意味なことをするな、冥王星Ｏ」

なんだって？

咎《とが》めるようなその言い方に反応した直後、俺の身体《からだ》は窓の中に吸いこまれた。

その飛び降り自殺を連想する感覚には、一生慣れそうもない。

♇

家に帰るとまずお母さんに殴られた。そこまでは普通だったけど、その後に蹴《け》られるのは少しおかしかった。普段ならそこまでしない。よほど、機嫌《きげん》が悪いのかもしれない。

あの後、ワルは『遠足の準備がある』と言って早々に、椎野家の前で別れた。ぼくはそこでようやくお母さんのことを思い出して、走って帰ったけど、結果はこのとおりだった。

ごとん、と自分の側頭部が床《ゆか》を打つ鈍い音。痛いのかよく分からない。それよりも殴《なぐ》られた頬《ほお》や、蹴《け》られた脇腹《わきばら》の痛みが優先されていた。更《さら》に、俯《うつぶ》せに寝転《ねころ》ぶぼくの首の後ろを、お母さんの足が踏《ふ》み潰《つぶ》す。息が止まって、後頭部の皮がべりべりと取れてしまいそうだった。

「どこを寄り道してきたの？　ド屑《くず》が、勝手に、ねぇ」

グチグチとぼくの皮に、足の指をくいこませて尋問してくる。皮膚に爪跡《つめあと》が残りそうだ。こういうのを虐待《ぎゃくたい》というのかもしれないし、無遠慮な爪跡や痣《あざ》はその証拠になりそうなものだ。だけど今まで問題になったことはない。この傷は、ぼくがどれだけ、外や学校で注目されていないかという証明でもあった。

「日直、の仕事で、不登校の子の家に、」

「黙《だま》れ」

頭部を蹴り潰《つぶ》される。前歯と額《ひたい》が床に叩《たた》きつけられて、酸《す》っぱい血の味が顔全体に広がる。

これがぼくの、家での普通だった。辛《つら》いと感じる余裕もあまりない毎日だ。お父さんが家にいるときはそこそこの害虫扱いで留《とど》まっているけど、お母さんと二人きりだとぼくはサッカーボールのような扱いになる。生き物から、ただの物へ落ちる。

お母さんの顔は痩《や》せ型で、かつての美人の面影《おもかげ》がそこらかしこにある。だけど、人間めいた瞳《ひとみ》の輝《かがや》き方じゃない。近頃《ちかごろ》、そう感じるようになってきていた。お母さんは一体、何者なんだろう？　少しおかしな人間なのか？　それとも、『何か別のもの』なのか？

「今日はお父さん、帰ってこないそうよ」

お母さんが死刑宣告のようにそう言い残して、ぼくから離《はな》れていく。機嫌《きげん》はぼくをいたぶったことで、少し回復したみたいだ。

ぼくはしばらく、そのまま廊下に転《ころ》がっていた。お母さんが通る度《たび》、足を拭《ふ》くカーペットみたいに踏みつけられたり、蹴り飛ばされたりしたけど動かなかった。機会を、その場で待つ。

そして十分に時間を置いてから、ランドセルを開く。中に連絡網《れんらくもう》を畳《たた》んで入れっぱなしだった。四つ折りにした紙を開いて、発見したワルの家に電話してみる。ワルの弟らしき、幼い声の子が出たので代わって貰《もら》うように頼んだ。弟は素直にワルに電話を譲《ゆず》る。もう準備は終わったのか、家にいたらしい。少し息切れしているように、ワルの声は掠《かす》れていた。

『おう、なんだ。まさか公園の場所が分からないとかじゃないよな？』

ぼくは台所にいるお母さんに聞こえないようにと声を潜《ひそ》めて、だけどワルの耳にキチンと届くようにと意識して告げた。

「行くよ。ぼくも隕石《いんせき》を見に行く、連れて行ってほしい」

『いや行くって、最初から決まってるし。なーに言ってんのお前』

「ははは」

今度の笑い声は、別れ際《ぎわ》よりも湿っぽい自信があった。

ふりだしに戻る、というすごろくのマスを連想させる出戻りだった。

♇

窓の奥に続いた場所は、見慣れた景色。高層ビルに囲まれて外から様子を窺《うかが》わせないが、その奥には要塞《ようさい》じみた洋館が建っている。その洋館が冥王星《めいおうせい》Oの事務所だ。転《ころ》がり落ちた地面に受け身を取りつつ見上げると、事務所を囲うビルの側《そば》の道路だった。

陰気で薄暗《うすぐら》く、汚れた通りの裏路地だ。

「戻された」

事実を噛《か》みしめるように、自分の口が呟《つぶや》く。そして、振り返る。【窓をつくる男】が、俺《おれ》の後に続いて窓から現れる。俺よりもずっと流麗《りゅうれい》に地面へ降り立ち、即座に壁《かべ》に描かれた窓の一部を手で消し去る。そうすれば、ビルの屋上に描かれた窓も機能を失い、消えてしまうのだ。

俺は地面に突いた膝《ひざ》の痛みに顔をしかめながらも、なんとか立ち上がる。【窓をつくる男】の仕草《しぐさ》を真似《まね》るように、服の埃《ほこり》を払う。顔を手で拭《ぬぐ》うと、血が指先に付着した。今まで気づかなかったけれど、こめかみから流血していたらしい。そして気づいた途端、その傷口が乾いた痛みを発し始める。人間ってのは、不思議だ。

「助けて貰《もら》ったことには、毎度のことながら感謝する。けど、無意味ってどういうことだ？」

無言で俺を品定めのように見据えている窓をつくる男に、説明を求める。【窓をつくる男】はこうして、事件の度《たび》に俺に助力してきた。だが、捜査《そうさ》について無意味と断じてきたのは初めてだ。

「言葉のとおりだ、冥王星《めいおうせい》O。君の行動には何の価値もない」

いつ聞こうと不動に、平坦《へいたん》な印象の声だ。物静かなだけでなく、厳《おごそ》かさがある。

「捜《さが》し方がまずかったって？」

血だらけの右腕をプラプラと、おどけるように揺らしながら尋ねる。

「それ以前の問題だ。これ以上、問答は不要だ。早々に事務所へ戻れ」

「俺が事務所に戻って、今回の件はどうする気だよ」

「状況が変わった。その依頼《いらい》は取り下げられた。もう探す必要はない」

英語の三段活用を教えるような口調で、ポンポンポンと事情を伝えてくる【窓をつくる男】に、俺はまったく納得できない。この男には恩義が山ほどある立場で、本当は犬のように従うのが賢い生き方なのかもしれない。だけどそれじゃ生きちゃあいない！　今、俺は譲《ゆず》れないものの話をしているんだ。

俺にはそれしかないんだ。冥王星Oとして、事件を解決するという過程だけが人生だ。

俺の人生はそれ以外のもので構成されていない。食うこと、寝ることだけなら他の動物と一緒だ。そうなれば俺は、人じゃなくなる。この世界で、最底辺の生物となるのだ。

だから、俺《おれ》から『人生』を取り上げようっていうなら、誰《だれ》が相手だろうと一歩も引けない。

それに【窓をつくる男】が素《そ》っ気《け》ない態度なのはいつもどおりだが、今回は普段よりずっと、俺を突き放す物言いに聞こえる。それがこの反発の最たる原因なのかもしれない。

「珍しいな、依頼《いらい》の取り下げなんて。どういうことだ？」

俺はその言葉がなんとなく、嘘《うそ》であると理解しながら【窓をつくる男】を問いつめる。

「それについての詮索《せんさく》は許されない。【彼ら】の都合を君が知ることはできない」

「何も知らされずに、ただ納得して仕事を放棄しろって言うのか」

「君のためだ、冥王星《めいおうせい》O。事務所に戻り、怪我《けが》の手当てを受けて静養していろ」

「断る。俺は空を歩く男を捜す、そして仕事を完遂《かんすい》する。一度請け負《うお》ったら、絶望しかなくとも最後まで逃げないと教えたのは、俺に刷りこんだのは他《ほか》ならないあんたじゃないか」

そう訴えて、目の前の男が情に動かされるような展開などこれっぽっちも期待しちゃいない。これは俺自身に下す命令とか、祈りに近かった。決意表明、ってこういうときに言うべきか。

対する【窓をつくる男】はあくまで冷淡に、システムに徹《てっ》するように返答する。

「私の指示に従えないなら君を始末する」

「勝手にしてくれ。俺は自分なりの人生を歩けない方が、死ぬことよりよっぽど恐ろしい」

そう言って、【窓をつくる男】に背を向ける。まさかもう一度、あの街へ窓で送り返してくれはしないだろうから、また歩いていくしかない。原チャリぐらいなら、現場へ向かうための足としてそろそろ用意してもいいかもしれない。この事件が終わって、俺が生きていた暁《あかつき》には。どうせ、【窓をつくる男】の能力の前に俺如《ごと》きの警戒《けいかい》など無駄《むだ》だ。背中を向けようと、正面から対峙《たいじ》しようと、連れ戻すなり殺すなりが自在に実行に移される。本人がその気になれば、だ。だから俺はそのまま事務所の前から、徒歩で離《はな》れていく。あの場所へ、【空を歩く男】を捜《さが》して、そして謎《なぞ》のババアに追いかけ回された街へ、だ。

あそこかそこに隣接《りんせつ》するような地域にきっと、何かがある。

角を曲がる前に、今までいた場所を振り返る。【窓をつくる男】は既《すで》にいなくなり、薄暗《うすぐら》い壁《かべ》に白い枠《わく》の長方形が残されるだけとなっていた。それも徐々に消えていっている。

俺は周辺に首を巡らせて、【窓をつくる男】が壁や地面から飛び出す姿を探す。だが、生き物の気配はどこにもない。壁は壁であり、地面は地面。異物はなく、収まるべき場所で鎮座している。

「あいつこそ、家にでも帰ったらどうかね。働きすぎだよ」

呟《つぶや》いて、もう少しその場に留《とど》まってみる。そして、なるほど、とその件については納得。何を考えているか分からないが、もう少しは俺を生かすつもりらしい。なにか考えあってか、それとも、気まぐれなのか。【彼ら】と関《かか》わるとき、【窓をつくる男】が心の余裕を見せたことはないのだから、きっと俺を有効利用することに計算の一つでもあるのだろう。

或《ある》いは俺が反発することさえ、あいつの思惑どおりの行動かもしれない。

なにかが風に吹かれて運ばれてきたように、首の裏に当たる感触。手で首裏を撫《な》でながら見下ろすと、しわくちゃでボロボロな新聞の切り抜きが地面に横たわっていた。多少、折り目がついていたり破れている部分もあったりしている。

「……お？」

その切り抜きを拾い上げる。路地裏には俺が感じるような風は吹き抜けていない。だからこの切り抜きの出所《でどころ》は、あの描かれた窓ではないか、と思ったのだ。【窓をつくる男】がどういうつもりか知らないが、俺《おれ》にヒントでも与えたつもりだろうか。

もう一度振り返ると、窓は完全に消え失《き》せ《う》ていた。

新聞紙の切り抜きを一瞥《いちべつ》してから、口元が歪《ゆが》む。

「いいだろう」と、独《ひと》り呟《つぶや》く。

この決意の独り言も、洋館にいる顔のない女は聞き取っているはずだ。

夜が始まろうとする道をいつまで歩けるか分からないが、納得できるまでは進んでやる。

たとえ誰《だれ》かの手のひらを、延々と行ったり来たりしているような道であっても。

♀

抜け出すというか、逃げ出すように家を出たのは午後七時半だった。お母さんに見つかれば紋められる前の鶏《にわとり》のように追いかけ回されて捕まり、血を見ることは明らかだから二階の窓より、屋根づたいに外へ出た。お隣《となり》の家まで屋根を歩いてから、思いきって畑の方へ飛ぶ。ぼくは木登りとかしたことないから、壁やパイプづたいに下まで降りられる自信がなかった。だから、自分が怪我《けが》をするかもしれないけど、一番早く地面まで辿《たど》り着ける方法を選んだ。

足から畑へ落下して、着地と同時にゴロゴロと土の上を転《ころ》がる。足の裏から膝《ひざ》の上まで痺《しび》れが走り、ずごん、と木の棒が頭部に埋まったような鈍い衝撃《しょうげき》に襲《おそ》われた。「あぐっ」とか、「うあっ」と途切《とぎ》れ途切れの悲鳴が口ずさまれる。お隣《となり》さんの家から漏《も》れる灯《あか》りに照らされてはいけないと、右へ右へと離《はな》れるように転《ころ》がっていく。十分に距離《きょり》を取ってから、カブトムシの幼虫みたいに身体《からだ》を丸めて、しばらく地面の上で震《ふる》えた。恐怖と痛みとワクワク、三つ全部に。

色々と収まってから、顔を上げてみる。周囲に、ぼくに注目するような人影《ひとかげ》はなかった。助かる。立ち上がって、足首を捻《ひね》ったりしていないことを確認してから、全身にこびりついた土を落とす。べたべたと、少し水分を含んだような土が服を汚して、帰ったらお母さんに怒られるなんてものじゃあ済みそうにない。いつ戻っても悪い結末しか待っていないなら、前へ進んで、後回しにしよう。行くしかない、という状況になることで、俄然《がぜん》やる気が出てくる。

持ってきた運動靴《うんどうぐつ》を履《は》いてから、公園目指して出発する。夜に外を出歩くのはこれが初めてで、周囲の空気に驚《おどろ》く。自分の部屋の窓から覗《のぞ》いていたものとは大違いだ。動物園の檻《おり》にいる動物を外から見るか、中で触れ合うかぐらいの違いがある。実感の差だろうか。

独特の温度の熱がどこまでも続くような、闇《やみ》の中。民家の灯《あか》りから離《はな》れると、ぼくの手足まで夜に呑《の》みこまれて、何も目に映らなくなる。夜は、生き物の体内を冒険しているようだ。未知の感覚が靴《くつ》を貫いて、足の指の間をゾワゾワさせる。まるで地面じゃなくて、夜という得体《えたい》のしれないものを踏《ふ》んづけて、前へ歩いているみたいだ。

初めて歩く夜、初めて親に背《そむ》いた夜、初めて友達と遠出する夜。

これだけ揃《そろ》えば、『なにか』が今日起きてしまいそうだって、予想するのは難しくなかった。

道の途中で、ワルか椎野くんに会うかと考えていたけどそんなこともなく、公園の入り口に到着してしまう。ぼくが一番乗りらしくて、公園に人気《ひとけ》はない。中へ入ってみる。入り口前で、外の道路に沿ってぼうっと突っ立っていたら、おまわりさんに見つかるかもしれない。そう警戒したからだ。それに万が一、家へ帰る途中のお父さんが通りかかったらもっとマズイ。だけどこんな時間にぼくがいるなんてきっと想像もしないだろうから、見ても気づかなかったりして。そう考えると、少し愉快だ。

夜に頭まで浸った公園の中を、うろうろと歩く。浮浪者の人が生活していた跡を、トイレの中や茂みに発見する。でも、ボロボロに朽《く》ちているから今はいないようだ。少し安心して、中央にあるベンチの方へ向かった。これからたくさん歩くことになりそうだし、大人しく休んでおいた方がいい。それに飛び降りたときの身体の痛みは、まだ続いていた。

ベンチに腰かけ、擦《こす》り合わせた両手に向けて息を吐く。まるで冬の公園にいるような仕草《しぐさ》だ。

だけど吐息は白く染め上がらず、どこにも見えない。ぼくの身体も極寒に縮まず、あるのは夜の平坦《へいたん》な熱に居心地を悪くする首元だけだ。夜だから一応、長袖《ながそで》の上着を羽織《はお》ってきたけどその下にある二の腕は、筋肉がぴくぴくと反応して気味が悪い。人差し指の腹を添えると、そのぴくぴくが増加した。中でネズミの頭が暴れているみたいだ。一気に気分が悪くなる。

気晴らしに、公園内を見渡す。握《にぎ》りしめると指に鉄の粉がつくような鉄棒はまだ撤去《てっきょ》されずに残っている。季節じゃないから水の失われたプールに、テカテカと場違いなように明るい自販機。それに滑《すべ》り台《だい》の下の砂場。あそこには近所の野良犬や、散歩中の飼い犬の糞《ふん》がよく転《ころ》がっているから、知っている子はそこで遊ばない。逆にいじめっ子は、そこの砂場で拾った糞を他の子に投げつけたりもしていた。投げつけられる子、投げつける子。ぼくはそのどちらにもなることが嫌で、公園に寄りつかなかった。そもそも、あまり外で遊ぶなと言いつけられていたし。ぼくの家は、外への露出《ろしゅつ》を酷《ひど》く嫌っているように思える。

「……？」

今、あくびをした直後だからだろうか。涙でにじんでいた夜の景色の中で、なにか動くものが見えた。それは夜の色の、人影《ひとかげ》の動き方だった。それこそ電気のスイッチを入れたようにパッと現れたそれの大きさは大人の男の人ぐらいで、手足もあったように思う。幽霊《ゆうれい》なら足はない、はず。なんでか知らないけど。

だけどそれからすぐにジッと見つめても何も動く様子はないから、目の錯覚《さっかく》だろう、と思い直す。パッと現れて、パッと消えるなんて手品の人じゃないんだから、あるはずがない。

またあくびが出る。いつもはなかなか眠れないのに、こんなときに限って。あまのじゃくな睡魔《すいま》だ。続けて出ようとするあくびを噛《か》み殺しながら、水飲み場で顔でも洗おうかと考える。けれどそれを実行に移す前に、ぼくへ人の声がかかった。

「おっ、いたいた」

軽快に、本人が飛《と》び跳《は》ねることに連動するような声。教室の休み時間によく聞く、ワルの声色だ。赤いリュックサックを背負って、野球帽を被《かぶ》ったワルが小走りで駆けてくる。

ベンチの前で踵《かかと》を滑らせながら停止したワルは、少し肩で息をしていた。ここまで走ってきたみたいだ。帽子を脱いで額《ひたい》を腕で拭《ぬぐ》ってから、公園の照明に浮き彫りにされたぼくを見る。

「早いじゃん。つーかお前、なんでそんな泥べったんなん?」

「ちょっと、道で転《ころ》んだつもりが、ええと、畑だった」

自分でも何を言っているか分からないごまかし方だけど、ワルは気に留めていないようだ。

尋《たず》ねた張本人なのに、その独特の無責任な態度ですぐ次の話題に変えてしまう。

「それに手ぶらかよ。お菓子ぐらい用意してこいよな」

そういえば、遠足だったっけ。ぼくは謝《あやま》るべきか少し悩んで、「ごめん」結局頭を下げた。

「まあ、夜遊びの初心者だからしゃーねーか」

そう言ってワルがリュックサックを背負ったまま、脇《わき》ポケットを器用に漁《あさ》って幾《いく》つかのお菓子を取りだす。ひょっとして、リュックサックにお菓子ばかり入れてきたのだろうか。

「ほれ、菓子やるよ」

カントリーマアムとカロリーメイトを差し出してきた。なし崩《くず》しに受け取って、まじまじと眺《なが》める。お菓子類が家でほとんど食べられないせいで、少し物珍しさがある。

そうやって観察している間に、ふと、嫌な予感がしてワルを見た。

「このお菓子、ってひょっとして、」

「あー気にするな。まさか盗品を売りさばく気はねーよ。サービスサービス」

恩着せがましさを省いて、えぇとついでに悪びれない調子のワル。鼻先を指で掻《か》きながら、戦果でも自慢《じまん》するように言った。

「何軒も回ってかき集めてきたから、結構しんどかったぜ」

準備って万引きのことだったのか。さすがにもう、呆《あき》れて物も言えない。手の中にあるお菓子袋が、どんどんと黒色に染まっていくような錯覚《さっかく》に陥《おちい》った。

そんなぼくの気も知らず、ワルが隣《となり》に座りこんで、ふうと息を吐く。身体《からだ》を動かしたという疲労の他《ほか》に、気疲れみたいなものが含まれているような溜息《ためいき》だった。

ワルにはワルの、家での苦労があったりするのかな。

「他の友達は？」

まだ誰《だれ》か来るのかと思って、質問してみる。

「シイノが来るだろ」

「いや、他《ほか》の。クラスの子とか」

それに、椎野くんはぼくらの友達なのだろうか。

「来ない。あいつら、石ころを見るために歩くのは嫌いだってさ」

やれやれだ、とワルが憤慨《ふんがい》した口調で嘆く。友達にはロマンがないってことなんだろう。

ぼくはそもそも、行く、行かないについて尋《たず》ねられてすらいないのだが。でも仮に聞かれて、ぼくは行く、行かないを自分できっぱり決められたのだろうか。自分の優柔不断な態度を省《かえり》みるに、ワルの独断は正しい側面も持ち合わせているように、思えてならない。

「じゃあ弟は？」

「あいつはダメだ、まだガキだし。足手まといになる」

「ふぅん」

それからはワルが一方的に喋《しゃべ》り続けながら、椎野くんを待った。姿を見せたのは、公園の時計でちょうど、八時になったときだ。車いすに腰かけた椎野くんが、一人で公園の入り口の方から向かってきた。別れたときと同じ服装で、半袖だから寒くないのかなと心配してしまう。

それに一人で来たみたいで、よくお父さんたちが許可するなあってなんでかぼくが冷や冷やしてしまう。椎野くんには足に関する事情があるのに、家族は平気なんだろうか。

椎野くんも、小さな手提《てさ》げ鞄《かばん》を車いすに引っかけている。手ぶらで来たことを恥じて、ぼくは土で汚れた自分に俯《うつむ》いた。

「お待たせ」

その椎野くんの挨拶《あいさつ》に「おー」と生返事で答えて、ワルがキョロキョロと周辺を探る。公園の入り口の方角を、目をこらして見つめて、最後は首を傾《かし》げた。

「お前のネーチャンは?」

「見たいテレビ番組があるから来ないって」

ワルは露骨《ろこつ》に肩を落として、「うへぇ」とガッカリする。椎野くんは「期待に添えなくてごめん」と、なんだか難しい謝《あやま》り方を口にして、それからぼくを見上げた。微笑《ほほえ》んで、無言。

その視線の意図が掴《つか》めなくて、ぼくの目がグルグルと泳いで逃げる。そして時々、そろっと様子を窺《うかが》うように椎野くんの方を見ると、やっぱりまだぼくを見つめて、笑っていた。

その微笑みをいつまでも眺《なが》めていると……不思議で、根拠もほとんどないんだけど、嘲《あざけ》られているようにも、見えてくる。なんでだろう、ぼくは椎野くんが嫌いなのだろうか。

人というのは嫌いな人間の表情ならば、それがどれだけ素敵でも目をこらして、汚点を見つけてしまうだろうから。

ぼくが微妙な顔になって椎野くんとの間が気まずくなる前にと、適当に気づいた話題を振る。

「車いす、変わってるね」

「あれは室内用だから」と椎野くんは答えた。車いすは木製から、アルミ製に交代している。

背もたれやお尻《しり》の部分が、少しはしゃいだ印象のある水色となっているいすだ。これも自走式らしくて、椎野くんはぼくから見れば器用というか手慣れたように、車いすの向きを変える。

そしてこういうときに先頭を歩いて、みんなを引っ張るようなワルに先んじて、椎野くんが艶《つや》やかな唇と、十歳は年上に思える落ち着いた声色《こわいろ》でぼくらを夜の彼方《かなた》へ促す。

「じゃあ、夜のピクニックに行こうよ」

『二章』

少しだけできる俺《おれ》の昔話をしよう。

俺の最古の記憶には、【窓をつくる男】がいる。俺は彼に育てられた。その頃《ころ》には十五、六歳ぐらいの見た目だったはずだ。そして育てられたということは、教えられたということ。

俺が教わったのは人体の急所や、人間社会では映画の中にしか現れないような化け物との戦《せん》闘《とう》方法。例えば、骨のない肉塊《にくかい》と戦うといった状況で、特別な能力のない俺はどう対処するべきか。その判断や、銃器の使用法。人を殺す練習も、何度か本物を用いて行われた。

窓をつくる男が用意する相手は、年齢や性別、状態にばらつきがあった。手足のちゃんとあるやつもいたし、ないやつもいた。俺が手にするものを危険と判断できるやつもいたし、できないやつもいた。共通するのは【窓をつくる男】の窓で薄暗《うすぐら》い地下へ運ばれてきたことと、身体の拘束《こうそく》は一切ないことだった。練習相手は全員、死にものぐるいの抵抗が許されていたのだ。

俺はその抵抗をはね除《の》け、押さえこみ、人体を切り裂かなければいけなかった。殺人の感覚に慣れるために拳銃《けんじゅう》は禁止されて、渡されたのはナイフ一本。嫌でも相手の人体を切り開く瞬《しゅん》間《かん》を、手のひらで感じなければいけない。必死に拒絶して逃げ惑い、時には俺に摑《つか》みかかって逆に殺そうとする人間の急所を、ナイフで突き刺す。知識で学んでいても、正確に急所を貫くことは難しかった。だから、相手を即死させることもできなくて、何十秒、何分とその呻《うめ》き声、呪詛《じゅそ》、懇願《こんがん》を耳にし続けなければいけない。俺の耳はその頃から、腐りだしたと思う。

初めて人を殺した後、成果を確かめようと現れた窓をつくる男にナイフを投げつけた。勿論《もちろん》、ナイフは届く前にやつが作った窓に呑《の》みこまれて、傷一つつけられなかった。

それからも定期的に、その訓練は行われた。

一番危険だったのは、拳銃を持つ警官《けいかん》が相手だったとき。

一番辛《つら》かったのは、病院で植物状態になって入院していた患者が相手だったとき。

いや、辛いというか酷《ひど》いというべきなのか。殺し続けていると、恨み節のない相手に手をかける方が辛くなっていた。相手が俺を呪《のろ》う。俺がそれを聞く。俺は、自分の中に芽生える罪悪感の根っこを見つけることができる。

そういった納得は、思いの外《ほか》貴重で、重要なものだった。なのに意識のないその相手は、俺に何も言ってくれないのだ。その上、病院から連れ出してきた患者は医療設備から切《き》り離《はな》されて、呼吸もままならない。放置していてもすぐに死亡してしまう。身内も側《そば》にいない男の価値はそのとき、『俺に殺される』以外なくなった。全《すべ》て奪われてしまったのだ。それが許せなくて、なぜ許せないのか言い知れなくて、その罪悪感に心がドロドロと溶かされるようだった。

【彼ら】の都合で生きているような俺が、【彼ら】に怒りを抱《いだ》く。それは、危険なことだと【窓をつくる男】に何度も諭《さと》された。あいつは俺が一人殺す度、それが一番大事なことであると強調するように、何度も同じ心構えを教えこんだ。最初に教えられたのがいつだったかは思い出せない。だけどそれは、自分に対しても言い聞かせているように思えた。

『いいかね、冥王星《めいおうせい》O。君が冥王星Oである限り、一端であっても【彼ら】と関《かか》わることになる。だから君は優《やさ》しさや愛情といったものを持ち合わせてはいけない。何故なら、【彼ら】はそういった感情を持ち合わせていないからだ』

じゃあ、あんたは何のために俺《おれ》を育てているんだ。

【窓をつくる男】は俺の過去にも、ましてや未来についてもほとんど、説明してくれなかった。親子というには情もなく。師弟というには突き放された関係の中で、俺は成長させられる。そんな人間性をすり減らす毎日は、半年前に変化を迎える。俺が冥王星Oとして、活動を開始したからだ。どうして半年前、急に俺を探偵《たんてい》としたかは分からない。何の説明もなかった。あるのは【彼ら】の存在と、その望みを叶《かな》える手足になれということ。俺にはそこしか生きる道がなく、失敗すれば記憶だけでなく、存在そのものも抹消されるということ。

【窓をつくる男】は、俺をそんな便利屋に仕立てるために育成してきた。自分の立場を【彼ら】の中でのし上げるために。俺は家畜と同じなわけだ。食うために一から育てるのと、大差ない。

そこに一切の不満はなかった。利用するという動機もなく俺を育てているなら逆に不気味だし、そもそも【窓をつくる男】は【彼ら】だ。優しさや愛情なんて、何も期待していない。

むしろ、そういった用途に用いられることに感謝《かんしゃ》していた。このまま地下で人を殺すだけの生涯なんかまっぴらごめんだったし、それに、なにより。

冥王星Oとしての物語が始まったとき、俺はなにかを取り戻したような感慨《かんがい》だったのだ。

♇

出発する前に、ぼくは些細《ささい》ながらも抱《かか》えていた疑問を口にした。

「隕石《いんせき》って、隣町《となりまち》のどこに落ちたの？」

「ん？　まぁ、それは道中で要調査だな」

「はぁ？」

ワルはしれーっとした顔で言っているけど、今のは問題発言というやつなんじゃないだろうか。場所が分からないと言っているようなものだ、今からどこへ向かう気なのだ。

「まー、なんとかなるんじゃん？　隣町についたら誰《だれ》かに聞いてみるとかさ」

「子供が夜にウロウロしていたら、大人は怪しむよ」

「じゃあ、隣町をウロウロしている子供に聞けばいいだろ。塾《じゅく》帰りのガキでもいいや」

あくまでもワルは楽観的で、向こう見ずとかそんなものじゃないずさんな見通しだった。お菓子を万引きしてくることとより、他にやることがあったんじゃないかと言いたい。

でも相手が乱暴者のワルだと思い返して、ぼくは唇をわなわなと震《ふる》わせるだけに留《とど》めた。

「はいこれ」

そんなぼくらを見かねたように、椎野くんが手提《てさ》げ鞄《かばん》から、折り畳《たた》んだなにかを差し出す。プリントの束みたいだったけど、受け取った手触りで別の紙だと気づく。ぼくの家は定期購読していないから、見慣れていないせいもあって少し自信がないけど、新聞紙だと思う。

「新聞に隕石《いんせき》の記事が載っていたから、持ってきたよ」

どうやら椎野くんは、気配りのできる性格らしい。行動力はあっても計画性に難のあるワルと相性がよさそうだ。そうなると、ぼくは不要な気もする。トリオである必要を感じない。

「お前、その歳《とし》で新聞とか読むの？　こんなのよりジャンプ読めよ」

ワルはあくまでワルらしく、まったく礼を言わないし、的外《まとはず》れなことを口にする。それでもぼくの横から顔を出して、新聞紙を覗《のぞ》きこむ。その手には用意してきたのであろう懐中電灯《かいちゅうでんとう》が握《にぎ》られて、ぼくの手元を照らしていた。そして浮かび上がった新聞記事には、隕石が落ちたことでできたクレーターや、隕石の絵が載っていた。

「ふぅん、森の中か。そういや、テレビにも森とか山が映っていたもんな。よし、行くぞ！」

隕石に関する記事を斜め読みしたワルは、給食を食べ終えた後の昼休みに、グラウンドへ飛び出すような勢いで歩き出す。意気揚々として、椎野くんの状態を忘れているようだ。車いすの移動に慣れている印象があるけど、それでも普通に歩くよりは大変だと思う。

椎野くんを見る。椎野くんは『困ったね』とばかりに苦笑して、ぼくを見つめ返す。ぼくはワルと椎野くん、どちらに歩調を合わせるか少し悩んで、やっぱり椎野くんの方がいいんじゃないかと結論を出した。車いすの隣《となり》に並ぶ。最初、ぼくは車いすを押した方がいいのかと思って椎野くんの後ろへ回ろうとしたけど、「大丈夫」と言われて中止した。そして今度は隣を歩くことに対して、「ありがとう」と小さい声で、ぼくに礼を言った。別にお礼が伴うような行動じゃないと思うので、恥ずかしくなってしまう。

それにぼくはまだ不安だった。目的地が森なのはいいけど、その場所が分かるのかな、って。不安だと、ワルみたいに足下《あしもと》も弾《はず》んでこない。不安じゃないワルの方が、どうかしているんじゃないだろうか。ああいう度胸はきっと、万引きで養われているんだろう。ぼくには無理だ。

「おーい、早く来いよー……って、ああ、無理かー。こいつは計算外だ」

随分と距離を離《はな》していたワルが振り向いて、ようやく椎野くんを思い出す。駆けて戻ってきた。さっきまで肩で息をして呼吸を整えていたのに、もう元気はつらつのようだ。体育に真面《まじ》目《め》に参加すれば、ワルは担任の先生に見直されるんじゃないだろうか。

椎野くんの前へ滑りこんできたワルが左に身体を折り曲げて、車いすを覗くような体勢になる。その傾きで、背中のリュックサックの位置がずれそうになるのを、「おっと」と手で止める。

「エンジンとかついてねーの？　車っつーぐらいだし」

そこであるわけないだろ、と呆《あき》れたり怒ったりしないところが椎野くんは凄《すご》い。

「残念だけど。僕も一回、時速何十キロで走ってみたいけどね」

ワルに合わせたのか、それとも本心なのか。本音のありかを窺《うかが》わせない椎野くんの微笑に、ぼくはわずかな距離《きょり》感を覚える。彼は本当に、隕石《いんせき》を見に来たかったのだろうか。

ぼくと違ってワルに引っ張られて歩いていく必要のない、自分なりの指針みたいなものを持っているように見えるけど。暗闇の先に、なにかを見つけられる強い顔だ。

「しゃーねー、ゆっくり行くか。明日は土曜だし、朝帰りでもいいだろ」

ぼくらに尋《たず》ねたわけじゃなくて、自分のスケジュールを確認しているだけの口ぶりだった。

ワルは数歩早歩きで前へ進んでから、ぼくらの側《そば》に戻ってくるという不思議な移動を繰り返す。

椎野くんはそのワルの様子を眺《なが》め、『参ったなぁ』と苦笑いを浮かべて、急ごうとしているみたいだ。だけどワルが自転車に乗ってこなかったことは、椎野くんの存在を忘れていなかったからだと思う。だからワルだって本当は納得しているだろうし、慌《あわ》てなくてもいいんじゃないかな。ぼくは椎野くんにそう忠告するべきか迷い、結局、手の中のお菓子を握《にぎ》りしめて口を噤《つぐ》んだ。椎野くんに感じる、かすかな距離感のせいかもしれなかった。

それにぼくだって、心に余裕があるわけじゃない。

ぼくは行く手に広がる闇《やみ》に、なんの知識もない。ただワルによって、夜の中へ流されていくだけだ。隣町《となりまち》なんて行ったこともないから、どれくらい時間がかかるのか検討もつかない。

「……そんなぼくが、願うなら」

ぼくとしては、森について、隕石を見つけて。

それでもまだ、この夜が終わらないことを祈るばかりだ。

夜が終わったとき、家でぼくを待つものはきっと、この闇《やみ》より深く、暗いものだから。

♇

市街地の輝《かがや》きが見えだした場所で、俺《おれ》は二十四時間営業のファミレスを発見した。厚手の服が破れて擦《こす》れた傷が剝《む》きだしなことは気になったが、中で事情でも説明すればいいかと爪先《つまさき》をファミレスに向ける。そこそこ埋まっている駐車場の車の間を突っ切って、入り口へ歩いた。

入り口の自動ドアの付近に丁度《ちょうど》、植えこみに投げこまれたゴミを拾っている店員がいた。

その若い女店員の肩を指先で軽く叩《たた》く。植えこみに手を突っこんで怪我《けが》しないためにか、手袋をした店員が振り返り、俺を見上げる。客と思ったらしく、「なんでしょうか」と尋《たず》ねてきた。

「悪い、実は」とそこで言葉をくぎって、苦笑を作ってから傷を店員の眼前《がんぜん》に晒《さら》す。店員はファミレス店内から漏《も》れる、煌々《こうこう》とした光に浮かぶ傷跡を見てギョッと目を見開く。

「そこの道で原チャリと一緒に転《ころ》んじゃってさ。包帯とか消毒薬ってある？」

「は、はい。少しお待ちください」

ゴミ袋を放り出すように立ち上がり、店員がパタパタと駆《か》けだす。が、途中で止まる。

「あの、病院は、」

「あーいいです。そこまで深刻な傷じゃないし」

公共施設なんかに連れて行かれたら、【窓をつくる男】に大目玉なんてものじゃない。……はて、じゃあ俺《おれ》が仮に大病を患《わずら》ったらどうするつもりなんだ？【彼ら】行きつけの病院なんてものがあって、そこに入院させられるのだろうか。【彼ら】は風邪《かぜ》を引くのか？全然分からん。

店の裏側、恐らくは従業員用の入り口へ走っていった店員が戻ってくるのを、駐車場の隅《すみ》で待つ。店の窓から客に見られるのも嫌だったので、すぐに屈《かが》んだ。屈むと右膝《みぎひざ》の傷が開いて、風に触れる領域を増やす。その傷口を眺《なが》めて、ジッと待った。【窓をつくる男】は窓と人体の内部を繋《つな》いで、飛び出すことも可能なのだろうか、とふと考えたりもした。

数分ぐらい待つと、さっきの若い女店員さんが包帯とガーゼにハサミと消毒薬、テープを抱《かか》えて戻ってくる。俺が注文したとおりのものを運んできて満足。ハサミはオマケだろう。「どうも」と言ってそれらの品々を受け取ろうとしたら、店員さんがそのままテキパキと消毒したり、包帯を巻いたりしてくれた。「どうも」もう一度礼を重ねたら、「これもお仕事です」と営業用スマイルを返された。

もしこういう人が本当は【彼ら】だとしたら、俺はもう少し喜んで残虐《ざんぎゃく》な依頼《いらい》をこなせるのかもしれない、と感謝《かんしゃ》した。そしてできれば、この店員さんを生け捕《いど》りにするような依頼は舞《ま》いこんでほしくない、とも思う。以前にそういう仕事があったのだ。

【彼ら】の存在を知り、世間に公表しようとした男が以前にいた。そいつを口封じに殺害するのではなく、生け捕りにするようにという依頼だ。捕まえた男がどういう顛末《てんまつ》を辿《たど》ったのかは、俺は知らされていない。ただ死ぬことより残酷《ざんこく》で、終わりのない結末を迎えたと予想する。

傷の手当てを終えて、店に入る。ついでにコーヒーを注文してから、案内された店内のテーブルに頬杖《ほおづえ》をつく。席から眺《なが》めることのできる窓の外には、隣《となり》のファーストフード店の緑光が存在を主張している。駐車場を比べると、あっちの方が客の入りは悪そうだ。あちらへ入ればよかった。

出された水に軽く口をつけてから、路地で拾ってポケットにねじこんでいた、新聞の切り抜きを取り出す。横着《おうちゃく》に入れてあったせいで、更《さら》にボロボロになっていた。

しかし、

「あいつ、新聞とか読むのか？」

意外だった。人間社会にはとんと興味がないような顔をして。あの紳士然とした格好で、朝刊の四コマ漫画《まんが》まで欠かさず目を通しているのだろうか。想像して、軽く吹き出す。

それから気を取り直して、切り抜きに目を落とす。……なんだこりゃ。ひっくり返して裏面も確かめる。表の記事に沿って切り取られているらしく、裏は記事として意味を成していなかった。暗号でも隠《かく》してあれば別だけど、ざっと読んでそれもなさそうだ。

つまり、表の記事だけが、この切り抜きの主旨であるということは確かなのだが。

「で、なんだこりゃ」

思わずもう一度、今度は口にまでしてしまう。

記事の内容を一言で纏《まと》めると、隕石《いんせき》に関してだった。昨晩、隕石《いんせき》が近くの街の奥にある森に落下したという。時間がなかったせいか情報も収集しきれなかったようで、その事実を伝えることで記事は終わりを迎えていた。写真は、クレーターと隕石両方が載っていた。落下地点は、俺《おれ》の寝泊まりしていた公園から二時間ほど歩いた場所だろうか。行けないことはない。だがこれが、何だというのだろう。

【空を歩く男】と隕石。なにか関連はありそうだが、俺の中で結びつかない。隕石を呼ぶ能力まで持ち合わせているっていうならこの現場に足を運んでみることに価値はあるが、そんな特徴《とくちょう》があるという情報は受けていない。……しかし、真剣に考えるのはいいが既《すで》にその依頼《いらい》自体、なかったことになっているというのも謎《なぞ》だ。そんなことは今までに一度もなかった。

先程の店員さんとは別で、しかも男だったが、注文したコーヒーを運んでくる。俺は手のひらで記事を隠《かく》して、運んできた男に会釈《えしゃく》した。置き忘れたのか、湯気立つコーヒーにミルクは付属していない。呼び止めて持ってきてもらうのも面倒だったから、普段より砂糖《さとう》を多めに入れることにする。シュガーポットに入っていた白い角砂糖を三個入れて、地底湖のような色の液体をスプーンでガチャガチャ掻《か》き回《まわ》す。その間も、新聞記事を何度か読み返していた。

スプーンを回すように目と、脳を回す。視点を変えて、見方を変えて、常識を回して。些細《ささい》な違和感も見逃《みのが》さないようにと目をこらし、気を張りつめる。

　そして、スプーンを回す手が自然と止まった。

「そうか」と、その発見に興奮《こうふん》して席を立ってしまう。

　気づけば簡単なことだった。記事の尻《しり》にくっついている、現場の状況についての内容をもう一度読み直してから、自分の閃《ひらめ》きが間違っていないことを確信する。

　この隕石は、どう考えても宇宙から飛来していない。

　落下してきた石の大きさに対して、被害の規模が小さすぎる。大気圏外から地表に降《ふ》り注《そそ》いだわけじゃなく、それこそ飛行機ぐらいの高さから大きめの石を落としたレベルだ。俺は隕石を見たことはないが、高所からの落石の結果は見学したことがある。この記事を書いたやつはそんなことも分からないのだろうか。

　いやそれは今後の調査で明らかになるのかもしれないが。しかし、新聞記事がいい加減なものであろうとこの際、俺には関係ない、大事なのはこの中途半端な隕石についてだ。

　宇宙から降っていないものを隕石などと呼んでいいのか分からない。

だが、宇宙は無理でも、俺たちの手が届かないような空から石を降らせることはできる。

　個人の、たった一人の力でも。

【空を歩く男】だ。

　そう呼ばれる男の能力に偽《いつわ》りはないなら、この記事に起きた現象を再現することができる。

動機は不明だが、それが可能な容疑者が一人しかいないなら、そいつが犯人と考えても差《さ》し支《つか》えはないだろう。多分、推理小説でないならそれが正解となる。

【窓をつくる男】から与えられた情報という点が、俺《おれ》の中で信憑性《しんぴょうせい》の後《うし》ろ盾《だて》になっている。なんだかんだであいつを信用しているらしい。師匠でも、親父《おやじ》でもないが敢《あ》えて言うなら、【窓をつくる男】は兄のようなものかもしれない。人殺しを強要する兄なんて、どんなやつだと世間からは思われそうだけど。

どちらにしても謎《なぞ》と手がかりがあるなら、そこに足を運ぶ価値はある。夜の、野次馬《やじうま》や調査員といった人が集まっていない時間帯に行ってみるべきだろう。隕石《いんせき》が落下したのも夜なら、その時間帯に【空を歩く男】が散歩しているのかもしれない。今は自粛していないといいが。

席から立ち上がった勢いもあり、周囲の注目もある。そのまま金を支払って店を飛び出そうかと思ったが、どうせならコーヒーを全《すべ》て飲み干してから行こう。店員に世話になったという事情もあり、コーヒーが不味《まず》くて飲めないと誤解されるのも心苦しい。

だが、立《た》ち上《のぼ》る湯気《ゆげ》が俺の一気呵成《いっきかせい》をなかったことにしようとする。

席に着き直して、黒い液体が数滴垂《た》れるスプーンを舐《な》める。甘い。

注文を少し間違えた。

アイスコーヒーなら、一気飲みできたのに。

ピクニックより冬のマラソン大会に思える道のりが始まった。スタート地点からは先が見えない。終わった後の自分を想像して、逆に気が滅入《めい》るのもマラソンに似ていた。

公園の入り口から出て、目の前を横切る道を歩きだす。側《そば》に見えるパチンコ屋のネオンや飾りが派手に光って、夜の中に沈むようにひっそりしていた景色が浮かび上がっている。パチンコ屋の駐車場でたこ焼きの屋台を開く人、魚のいない用水路に閉店したコンビニ。公園を挟《はさ》んで反対側の道路はびゅんびゅんと車が走っているけど、ぼくらの歩く道は犬も歩いていない。

「そういえば、御家君ってなんで泥だらけなの？」

ぼくの隣《となり》を歩く……進む？　椎野くんが服の汚れについて質問してくる。畑で転《ころ》がったからと説明するのは簡単だけど、その理由まで話さなければいけなくなりそうで、つい口籠《くちご》もってしまう。いつもと一緒だ、ぼくは誰《だれ》かに、なにかをうまく伝えることができない。

「そいつ、土の下に住んでるんだよ。だから学校来るとき、いっつもドロッドロなわけ」

早々にお菓子の袋を一つ破いて、スティック状のものをくわえているワルが口を挟《はさ》む。しかも平然と大嘘《おおうそ》だ。どうして自分の目で見てきたかのように淀《よど》みなく、何の得もない嘘を言えるのだろう。ワルという人間は本当に、ぼくと別世界の住人みたいだ。

「へぇ。土の下ってどう、今の季節は蒸し暑いのかな？」

「……椎野くん、目をくりくり丸くしてさ。からかわないでよ」

「あはははっ」

椎野くんにしては珍しく、口を開いて笑い声をあげる。笑うときは口元を手で隠《かく》す、上品なイメージがあったから意外だ。いや、珍しいとか意外とか、椎野くんとは今日知り合ったばかりだから第一印象で決めつけているだけなんだけど。

笑われてすっかり気恥ずかしくなったぼくは、なぜかさっきから握《にぎ》りしめていた左手で頬《ほお》を掻《か》こうとする。……あ、公園でワルからもらったお菓子を握っていたんだった。

「学校っていやぁ、お前、行かなくても親に怒られないの？」

スティック状のお菓子を半分に折って口に放りこみながら、先頭を行くワルが椎野くんに尋《たず》ねる。椎野くんは開いていた口と緩《ゆる》めていた頬《ほお》をゆっくりと元通りにして、それから答える。

「うん。うちはそういうところ、いい加減だから。あ、違うか。箱入り息子みたいに大事に育てられているから、外に出してくれないんだ」

「ワルだなー、お前。オレだって学校ぐらい行くぜ」

時々、昼休みの途中でいなくなってそのまま帰ってこないけどね。などと特につけ足さないで、ワルの勝ち誇った表情を観賞する。椎野くんはワルにワル認定されて、苦笑い。

「学校は楽しい？」

「いや全然」

椎野くんの問いにワルが即答する。ぼくもワルに同意だけど、家にいるよりはマシってぐらいに、学校の順位は最低なわけじゃない。そしてワルは、椎野くんの不登校を解消しようとかそういう気持ちは、本当に一切合切《いっさいがっさい》ないらしい。あるなら嘘《うそ》でも楽しいって言うだろう、多分。もっとも椎野くんは、そんな嘘を簡単に見破ってしまいそうだ。だから迂闊《うかつ》に発言できない。

「じゃあどうして学校に行くんだい？」

椎野くんが試すような口調でワルか、あるいはぼくに質問を投げかける。ランドセルを背負《せお》うとき、重いなぁ以外になんとも思わないぼくにそんなことを聞かないでほしい。小学校っていうのは、行くしかないところなのだ。他《ほか》にぼくにできることはない。

他のなにかがこんな歳《とし》であるのなら、学校なんか行かなくてもいいのだろう。……椎野くんはそのなにかがあるから、学校へ来ないのかな？　それともただの面倒くさがり？

ぼくが悶々《もんもん》とする一方で、ワルの方は何も悩まずに、気負いなく答える。

「給食を食べないと腹が減るからな。昼飯《ひるめし》は誰《だれ》も作ってくれねーし」

「君は給食を食べるために学校へ行ってるの？」

「そう言ってるだろ」

そういえばワルは午前中に学校を抜け出すことはない。じゃあ、本気なのかも。椎野くんは一瞬《いっしゅん》、顔を前へつんのめらせるように前傾姿勢となり、それからまた口を開けて笑う。

「いいね、それ。僕も給食だけ食べに学校へ行きたくなったよ」

「おう、来い来い。で、オレの嫌いなものが出たら譲《ゆず》ってやろう。今まで食べてねーんだから
な、ガーッといってくれ」
椎野くんの登校復帰の意思を、ワルが都合よく祝う。やっぱりこの二人は相性がよさそうだ。
二人とも、ぼくより上のクラスにいる人間なんだ、って感じ。ぼくがこうして二人と行動を共
にしていることが不自然に思えてならない。誰《だれ》かによって無理をさせられている気がする。
だから、椎野くんやワルのことを一瞬《いっしゅん》忘れて、俯《うつむ》きがちだった顔を上げる。前を向く。正
面の風景は公園を出てからなにか変わったのだろうか。夜の闇《やみ》の中に、ぼくやワルの持つ電灯
の光がぽっぽっと浮かんでいる。それは昨日の夜にお父さんと食べた、ラーメンのスープに浮
かぶ油のようだった。手を少し上下に動かすと、その楕円《だえん》形の光は大きな橋や営業時間の終わ
った電気店、それに歩道の植えこみを映した。植えこみの花は朝の光を待つように、頭を道路
の方へ傾けていた。
ぼくらの歩みは遅くて、このままだと夜明けにまで追いつかれてしまいそうだ。そしてそれ
はなんだか、負けというか失敗を連想する。
「隕石《いんせき》の場所までどれくらい歩くの?」
その不安に心を揺さぶられて、ワルに尋ねてしまう。
「さーなー。自転車で隣町《となりまち》に行ったときは一時間くらいだったけど……」
そこでワルが顎《あご》をあげて、宙を睨《にら》んだまま一時停止する。なにか考え事に翻弄《ほんろう》されるように

目を忙《せわ》しなく泳がせて、それから「あー、しまったな」と嘆く。

「なにが？」

「シイノをオレの自転車の後ろに乗せてさ、行けばよかったよ」

歩くよりずっと楽だ、とワルは言い切った。それは確かに、そうだけど。問題もある。

「荷台から落ちたら大変だよ」とぼくが言う。

「オレとシイノの身体を紐《ひも》でくくりつければ落ちないだろ？」

「一緒に落ちるかもしれない」と椎野くんが言う。

するとワルは眉間《みけん》にしわを寄せながらも、口元だけ笑って言った。

「後ろ向きコンビめ」

不本意な呼び名でまとめられてしまった。思わず椎野くんと顔を見合わせる。椎野くんは苦笑いで、ぼくは愛想《あいそ》笑い。えへええへ、と格好悪くてだらしない笑い声が口からこぼれる。勿論《もちろん》、ぼくの口から。椎野くんの口からはもっと、有意義な意見が生まれる。

「彼がいつも前を向いているから、僕らは後ろ向きで丁度《ちょうど》いいかもしれないね」

「う、うん」

そんな上手《うま》い言い方、なんですぐに思いつくんだろうと感心する。やっぱり椎野くんは頭がぼくよりずっといいのだ。学校に行ってなくても、頭の本質には関係ないみたいだ。

それはともかく、椎野くんはぼくとコンビにされても悪い気はしてないようで、ホッとする。

道のりは長い。

どうせ途中から疲れてみんなの口数も減るだろうから、今だけは少しぐらい、楽しめばいいかもしれない。ぼくらの関係だっていつか、終わりがくるだろうからその練習みたいなものだ。

今だけの思い出に、たまにはすがってみよう。

♇

喋《しゃべ》る相手がいないと、夜の道っていうのは本当に退屈で、だから苦手に感じる。これは俺《おれ》だけなのか？　いやみんな退屈だと知っているから、群れて行動しているんだろう。多分。

繁華街《はんかがい》の表通りは、夜の九時を過ぎても人にあふれている。それ以上に光がそこかしこから道を照らして、誰《だれ》も眠らせないっていう気概《きがい》が街に満ちているようだ。露出《ろしゅつ》の高い若いカップルやカラオケ屋の客引きが路上で、キィキィと甲高《かんだか》い声をぶつけ合っている。若いと一見で思ったのなら、彼らは俺より年下なんだろう。だが金や茶色に染めている髪をだらしなく伸ばした姿は、歳《とし》以上に老《ふ》けているように見えた。子供というのは内面の数字以上に見た目だけが成長したやつのことを言うのかもしれない。

隕石《いんせき》が落下した離《はな》れの森に続く道は、植物の気配が微塵《みじん》もない街に彩《いろど》られている。地面に生《は》えていた草木をすべて取り除いたわけではなく、勝手に滅《ほろ》んでしまった土地に建物をこさえて、人が住みだした。そんな後ろ向きな暗さを、必死に明るくしている輝《かがや》きが街を覆《おお》っている。

　街の歴史を知りつくしているわけでもないのに、歩いているとそんな印象を抱《いだ》いてしまう。

塗り替えられた土地で生きる人間。次に塗り替えられたとき、一体なにがこの土地に住むのだろう。以前に見たテレビ番組では科学者が、海を泳ぐイカが地上に進出して大地を支配すると予想していた。なんでも、天敵がいないからだそうだ。なるほど、とそのときは思った。そして今はそれに加えて、一つの疑問が浮かぶ。【彼ら】に天敵はいないのだろうか？

【彼ら】の歴史がいつから始まったのか知るよしもないが、社会への溶けこみ方や人への対応を考えるに、人類よりはこの星で長い時間を過ごしてきたことだろう。それだけの時間、社会が続くなら【彼ら】は狩られる側でないことを証明している。だが、【彼ら】という存在は常になにかを警戒して生きているようにも思える。

【彼ら】の敵は【彼ら】の中にいるのかもしれない。

「……っと。物思いに耽《ふけ》っている場合じゃないか」

　頭を横に振って、切り替える。冥王星《めいおうせい》Oとしての仕事を忘れてはいけない。森へと続くこの道も、注意を散漫《さんまん》にして歩いていいものか。午後に俺を追いかけ回したオバサンが突如《とつじょ》として襲《おそ》いかかってくる可能性を、夜の騒《さわ》ぎの中でも警戒《けいかい》する必要がある。

　しかし、あいつは何者だ？　俺同様、【彼ら】に使われる人間なのか？　【空を歩く男】の捜索《そうさく》を依頼《いらい》するやつがいるように、【空を歩く男】を守ろうとするやつもいるのだろうか。

【彼ら】の社会にも身分があり、競争がある。他人への妬《ねた》み、そねみ。そういう話を聞くときが、【彼ら】に生き物を感じる唯一の瞬間《しゅんかん》だ。

酒臭《さけくさ》い息をふりまく酔っぱらいの集団とすれ違い、その臭《にお》いに顔をしかめる。今まで意識していなかったが、俺《おれ》はアルコールが苦手のようだ。酒を飲むと色々な鬱憤《うっぷん》を忘れられると話には聞いたが、俺には忘れるほどの記憶がないからだろう。人間というのは合理的にできている。

「おにいさんったら、俯《うつむ》いちゃってここの看板見えてる？　ほら、見て見て」

マッサージ店をうたう建物の前にいた客引きの女が、俺の腕に抱きついて引っ張ろうとしてくる。けれど俺の破れた服や肘《ひじ》に巻いた包帯に気づき、慌《あわ》てて飛《と》び退《の》いた。少し愉快になる。

俺は人間かもしれないが、今までの行いを語れば大体の人が今のように飛び退いてしまうはずだ。人殺しというのは人間の中でも【彼ら】に近い。逆に【彼ら】であっても、人間に近いやつがいればいいなと思った。それが窓をつくる男であれば尚更《なおさら》喜ばしい。

女はもう抱きついてこないようなので、気兼《きが》ねなく先に進む。俺に迫ってくる女は客引きだったり、車で轢《ひ》こうとしたりとロクな奴がいない。女運はないものと諦《あきら》めた方がよさそうだ。

「じゃあこれから出会った女性はバンバン撃《う》っちゃいますかね……っと」

少し歩くと、思わず目を留《と》めてしまうものがあった。雑居ビルの一階に入っているコンビニの前だ。二人組の警察官《けいさつかん》が、路上にしゃがむ中学生ぐらいの年齢に見える集団と話しこんでいる。仕事熱心なのか、深夜外出しているガキ共を補導するつもりのようだ。ああやって、道を自分で選んで歩いている人間は、端《はた》から見ても感じる熱意を持って生きているように思う。立ち止まり、羨望《せんぼう》とともに見つめる。俺の中にある冥王星《めいおうせい》Oへの思いは、似て非なるものだ。こいつには執着という言葉が、きっと相応《ふさわ》しい。

「お、終わりそうだ」

ギャーギャーとひな鳥みたいに騒《さわ》がしい集団が、警官の指示に従って渋々といった様子で立ち上がっている。それは構わないが、この後に俺まで目をつけられては敵《かな》わない。

なにしろ俺の格好は他《ほか》の道行く酔っぱらいと比べても、非常に怪しいからだ。どこかで服でも買って着替えてくればよかった、と転《ころ》んだことをよく分からない形で後悔する。

コーヒーを急いで飲んだせいで火傷《やけど》した舌を外に出しながら、とにかく早歩きでこの場を離《はな》れようと決めた。通りを抜ければ山が見えてくるようになる。そうなれば、森まで遠くない。

もっとも森に着くのはゴールじゃなくて、スタートなのだが。

盛況をすべて街の入り口に預けて、森は奥で静かに潜《ひそ》んでいる。

その森に紛《まぎ》れたものを暴くことは、出所《でどころ》の分からない罪悪感を伴う気がした。

♇

「ここは通らない方がいいな、人がいっぱいだ」

「人がいっぱいってことは、警官《けいかん》もいるかもしれないってことだ」

「どうして？」

ワルが自信満々にそう言いきった。ちょっと時間を置いてから、そりゃそうだと思った。

ぼくらは通りの入り口にある、何とか通りと書かれた大きな門で身を隠《かく》しながら繁華街《はんかがい》を覗《のぞ》いていた。ここに着くまで、一時間以上は歩き通しだった。足がパンパンになっている。

だけどこれからこの繁華街を越えた先にある森へ行って、隕石《いんせき》の落ちた場所まで歩かないといけない。椎野くんは大丈夫かなと振り返ると、車いすの上で少し疲れたような笑いを浮かべていた。ぼくと目があって、「ん？」と柔らかい態度で首を傾《かし》げてくる。なんでもないよ、という意味で首を横に振って、通りの方に向き直った。ワルはもう繁華街を通ることに見きりをつけたらしく、門から離《はな》れていた。

「戻ってから回り道していこうぜ。シイノがいるから、警官に追われたら逃げられないしな」

そのワルの口調に、椎野くんを責めるものは含まれていない。だから椎野くんも咄嗟《とっさ》に開いた唇で謝罪《しゃざい》を口にしようとして、けれどなにも言わずに閉じてしまう。

今の発言をいやみとか悪口じゃなくて、単なる事実として言っているだけに聞こえるからワルは嫌われないのだと思う。ぼくは椎野くんを、表現は悪いけど階段の一つ下みたいに、別の場所の人と捉《とら》えている。だけどワルにはそういう区別がない。全部、あるがままだ。ワルの心が自由であることの表れだと思う。ワルはきっと、舗装《ほそう》された道だけじゃなくて草むらも、畑も、必要なら自分の道として歩いていけるのだろう。そんなワルの決めたことにぼくが反抗なんかできないのも、当然なのかもしれなかった。

ワルが用意して手首に巻いている、紫色の安物っぽい時計を覗くと時刻は九時過ぎになっていた。いつもならもう布団《ふとん》に入って、ジッと身を固くしていないとお母さんに叩《たた》かれる時間だ。とんでもないことをしている、と改めて思う。こういうとき、解放感でワクワクするのがワルであり、心臓と手首がドッドッドッって脈打って泣きそうになるのがぼくだ。胸が弾《はじ》けそう。

「よーし下がれ下がれー」

ワルが交通整理の人みたいに手を振って、ぼくと椎野くんに後退を命令してくる。ぼくは振り向くだけで終わりだけど、椎野くんは車いすを斜め後ろへ移動させて、車が進行方向を変えるように手間をかけないといけない。ぼくとワルはそれが終わるのを少し待った。

ぼくは椎野くんの行く先を、ワルから借りた懐中《かいちゅう》電灯で照らしながら歩く。それで車いすの移動にいい効果があるのか分からないけど、椎野くんが「ありがとう」と微笑《ほほえ》んだのでずっと続けている。人の役に立つようなことはあまりできないので、たまにお礼を言われると赤面してしまうのが、自分の顔を見なくても熱で伝わってきた。

ワルは他《ほか》に用意してきた黄色のペンライトを、お菓子の代わりに口でくわえている。それで椎野くんからもらった新聞紙を照らして睨《にら》めっこしている。森の場所や隕石について確認しているみたいだけど、あんなので地図の代わりになるんだろうか。

「んーと、どっちに行ったもんかな」

古い建物が並ぶ通りの左右に首を振って、ワルがどの道を進むか悩んでいる。右の建物の間に、細い路地が見えるけど椎野くんと車いすが通れそうにもない。ワルは裏道のような場所を進むのが得意そうだけど、今回は普通に歩くしかなさそうだ。

「こっちの街にお父さんの働く会社があるんだ。だから少しだけ道は分かるよ」

椎野くんがワルに進言する。ワルはペンライトの光を自分の顔に向けたようにパッと表情を明るくして、新聞紙を放り投げるように両手を開いた。

「やっぱりお前を連れてきてよかったな。じゃあ道は任せた」

ワルがペンライトをリュックにしまって、代わりにお菓子の袋を一つ取り出す。そのお菓子を椎野くんに差し出した。椎野くんはそのお菓子とワルの指先をジッと見る。

そのお菓子がスーパーで万引きしてきた商品だと口を挟《はさ》もうか迷って、やっぱり止《や》めた。

「さっきあいつにもやったからな。お前にもやるよ」

「これ、姉さんの好きな菓子だね」

「マジか。今度両手に載らないほど持っていかないと」

ワルならお菓子の並べてある箱ごと盗んできて、あのお姉さんにプレゼントしそうだ。椎野くんは一度、軽く頭を下げてからお菓子袋を裂いて、中身を取り出す。そして口に入れた。

椎野くんがチョコ菓子をもそもそ食べるのを眺《なが》めながら、気になった言葉を考える。

姉さん、かぁ。

「ねぇ」

ぼくが気弱に声をかけると、二人の視線を同時に感じた。この三人でいて、ぼくが注目を浴びるなんていうのはもの凄《すご》く珍しく、そして大それたことをしているみたいで、緊張する。

声がなかなか出てこない。

「なんだよ、どうかしたか？」

ワルが急《せ》かしてくる。椎野くんは小首を傾《かし》げて、ぼくの言葉の続きを待っている。待たせている、っていう申し訳なさが緊張に勝って、喉《のど》につっかえていた声が出てきた。

「二人の家族って、どんな感じなのかなって。あ、どう思う、とか親と仲がいいのかな、とか」

なにを聞きたいのか、あやふやかなと思ってつけ足したら余計に分かりづらくなった。それでもワルと椎野くんはぼくよりずっと賢いからか、そんな意味不明の質問にも対応してくれた。

「家族？　まぁアレだな、親はうるせーやつら。これは大人だからな、しょうがないってやつだ。あと、弟はまだまだガキだけど、将来有望だな。きっとわるいやつになれるぞ」

親の話はどこか淡々としていたのに、弟を語るときは声が弾《はず》む。ワルは分かりやすく、家族への想《おも》いを表現してくれた。本人はそういうことを自覚していないのか、まだ親への悪口をいくつか、適当な調子に並べている。苦笑しながら、椎野くんも口を開いた。

「うーん……家族かぁ。どうなんだろう、よく分からないな。あまり顔を合わせないから」

意外な発言を聞いて、思わず口が開いてしまう。ワルより機敏に反応するのは、ぼくにとってこれが初めてなんじゃないだろうか。

「ずっと家にいるのに？」

そう言われて、椎野くんの笑顔が変わる。開いていた両目が線になった。

「親の方があんまり家にいないんだ。いや、ほとんどかな。だから家族っていうと、まぁ、姉さんか。うーん、姉さん。いい人だよ、ちょっと素《そ》っ気《け》ないけど、僕を大事にしてくれる」

「あ、オレも大事にされたい。あのネーチャン限定でな」

「伝えておくよ」

ワルの間髪《かんはつ》容れない立候補を、椎野くんが涼やかに受け流す。ワルの方は本気らしくて、椎野くんに「おう、頼む」と歯を全部見せるような笑顔で念押ししていた。

それから、そのついでのようにぼくを一瞥《いちべつ》する。

「お前はどうなんだよ」

「え？」

「家族だよ。お前にだっているだろ？」

「そりゃあ、いるけど」

そう答えながらも、あれは『いる』って言っていいのかな、とも考えがよぎる。ワルと、それに椎野くんもぼくの顔を窺《うかが》っていて、つい目が横へ逃げてしまう。ぼくは『うるせー』とか

『分からない』とかそういうことをパッパッパと口にできるほど、賢くないんだ。

「……家族」

自分で聞いておいて、本人は答えられないもの。お母さんはワルの親みたいにうるさくて、それと怖いし、お父さんは椎野くんの家族みたいに、よく分からない。家族は怖くて、邪魔者《じゃまもの》のように扱われて、だけどぼくは家から決して離《はな》れることはできない。

それはどんな理由があっても、ぼくが家の中で生かされている子供だから、なんだろうか。

「……家にいる人、かな」

「そのまんまだな」

ワルが呆《あき》れたように笑う。椎野くんも「だね」と小さく頷《うなず》いて、ワルの呆れに同意していた。ぼく自身、それがなんの答えにもなっていないことは自覚していた。ぼくは家族についてなにかの正解を口にできるほど、家族を知らないんだと気づかされる。

「……家ってなんだろう」

「帰るとこだろ」

ワルはこともなげに即答する。椎野くんは無言だったけど、ワルの答えが気に入ったのか、うっすらと口もとが三日月を描くように笑っている。ぼくもまた、感動していた。

まだまだワルという人間は底が知れない。簡単に正解を、他《ほか》の人が納得できるようなことをポンポンと口にできるワルは、本当に頭のいい人のような気がした。それは、学校のテストで平均百点とか自慢《じまん》する同級生よりも、知性っていうものを感じさせる。

ワルの単純な答えに、それほど深々《ふかぶか》と納得してしまう。

家族。家。住む場所以外の価値がまだよく分からない、不思議なもの。

だけどぼくの中にも、帰るところでありたいと願う気持ちは確かにあった。

話し終えた雰囲気《ふんいき》を感じ取ってか、ワルがぼくの懐中電灯《かいちゅう》を持っていない方の手を見下ろして、言った。

「それより、お前も菓子食べればいいじゃん。つーかチョコ菓子ずっと握《にぎ》ってたら溶けるんじゃね？」

「あ、うん」

指摘されて、慌《あわ》てて手のひらを開く。一時間以上、ぼくの手にぎゅっと握られていた二つのお菓子袋は大分温まってしまっている。カントリーマアムの封を切ってみる。チョコの匂《にお》いがふわっと漂《ただよ》うかと思ったけど、甘い匂いがべっとりと鼻にくっつく感じだった。

「あ、中で袋にくっついてる……」

「ほら、言ったじゃん。がんばって指でほじくりだせよー」

ワルがいじめっ子のようにニヤニヤと言う。ぼくは言われたとおり、人差し指を袋の中に突っこんだ。ビスケットみたいな形のお菓子に指を引っかけて、外へ引っ張ってみる。くっついてはいたけどそれは表面のことだけで、案外簡単に取り出せた。ワルはつまらなそうだった。

「いただきます」ってワルに向けて言ってからカントリーマアムをかじる。食感が悪くなっているけど、ねっとり甘くなっていてこれはこれで美味《おい》しい。

「こいつ、給食をたくさん噛《か》むからって先生に褒《ほ》められたんだぜ」

ワルがぼくの口元を指差しながら、椎野くんに話しかける。自分でも褒められたことを忘れていたような癖《くせ》をワルに言及されて、顔がかぁっと熱くなる。なんで恥ずかしいのか理由が分からないけど、今すぐにもここから走って逃げたかった。

「へぇ、御家君はいい子なんだね」

椎野くんの感想が、ぼくをますます追いつめる。

耐えきれなくて残りのカントリーマアムを全部口に入れて急いで噛み、慌《あわ》てて飲みこんだ。顎《あご》が疲れる。喉《のど》にもつまりそうになったし、口の中はチョコの味でいっぱいだ。

「なんだ、お前もその菓子好きなの？　でもお前のためには盗《と》ってこないぞ」

ワルの言葉や視線から逃げたくて、無言でもう一つの方、カロリーメイトの袋も開いてみる。これもチョコ味らしい。三分の一ぐらいかじって、そしゃくしてみる。こっちの方が薄味《うすあじ》だ。

「ぼそぼそしてる」

「そういう食い物なんだよ。よし、行くぞ。歩きながら食え」

ワルがリュックを揺らして、元気に歩き出す。まだ椎野くんの道案内を聞いていないのに、ワルは自分のワクワクしている気持ちに促されて前へ歩いてしまっている感じだ。お菓子を食べて少し休んだから、ぼくもそのワルになんとかついていけると思う。

「そこ、左に行って！」

一人で先に行ってしまうワルに苦笑しながら、椎野くんが少し大きい声で道を教える。ワルは「おぅ！　早く来い！」と道路の真ん中に立ってぼくらを手招きしてきた。ぼくと椎野くんはお決まりのように顔を見合わせて、苦笑してから、少しだけ急いでワルの後を追った。

椎野くんの案内した通りは、繁華街《はんかがい》よりずっと落ち着いていた。住宅街らしくて、家が多い。窓からは明かりやテレビの音があふれていて、ラーメンの匂《にお》いもした。一つ道を変えるだけで、空気が大きく変わる。同じ空気が巡っているとは思えなくて、また、今までいた場所と地続きとも思いづらかった。道には警官《けいかん》みたいな人も歩いていないし、不良たちもいないみたいで、ぼくはそこに安心する。いくらワルがクラスで一番のワルでも、中学生や高校生の不良とケンカしたら勝てないと思う。味方がぼくと椎野くんじゃあ、なんの役にも立たないだろうし。むしろ足手まといだ。

「ここを真《ま》っ直《す》ぐ歩けば、森の方に出るよ。えーと多分」

「お、いよいよか。結構楽勝だったな」

「帰りも同じぐらい歩くんだよね……」

森はこの道よりもっと静かなのだろうか。そんな静かだと、なにか生きているのかも不安になりそうだ。それとぼくの心臓の大げさな音が、ワルや椎野くんに聞こえないといいんだけど。

「そういえば御家君は、夜に出かけてもお父さんたちに怒られないの？」

椎野くんが世間話の一つみたいに、そんなことを尋ねてくる。

「いや、うん……怒られるかな、多分」

凄《すご》く、をつけるか悩んだけど大げさなやつだって思われるのが嫌だからはぶいた。椎野くんは笑顔のままだけど目を丸くして、少し同情するような口調で言った。

「厳しい親だと大変だね」

「うん、ほんと」

ぼくはいつか、お母さんに殺されるんだろうな。でも死に方が決まっているっていうのは、なんとなく少し安心感がある気もする。こういう気持ちになるのは、ぼくだけだろうか。

それからはワルも無言になって、ぼくらは黙々《もくもく》と足を動かした。次第に家の生活音が薄《うす》れていって、今までほとんど聞こえなかった車いすの車輪が回る音がめだってくる。そうなるとぼくは度々《たびたび》、隣《となり》を進む椎野くんの車いすや横顔を、こっそり覗《のぞ》くようになる。だけどこっそりのはずなのに、その度に椎野くんはぼくの視線に気づいて、にこりと微笑《ほほえ》み返してきた。車いすを手で操作して進んでいるけど、まるで辛《つら》くないように。

見透《みす》かされるようなその笑顔と向き合えなくて、ぼくはすぐに反対側を向く。そんなやり取りを繰り返していると、少し足の疲れがまぎれた。ひょっとしたら、ぼくにとって楽しいことなのかもしれない。

住宅街の通りを抜けると、風をさえぎるものがなくなったせいか肌寒さが少し増した。だけどそれと同時に、森の陰《かげ》が遠くに見えるようになってきて、ワルの口数が元に戻っていった。

その騒々《そうぞう》しさが、肌寒さを緩和《かんわ》してくれているように思う。

そしてぼくらはついに、鬱蒼《うっそう》とした森の前に到着した。

「着いたー！」

ワルが諸手《もろて》を挙げて、森に向かって叫《さけ》ぶ。歓喜と達成感で声は少し上擦《うわず》っていた。息があがりだしていたぼくは、逆に森を目の前にしてその不気味さに圧倒される。

森の木々は夜の暗闇《くらやみ》よりわずかに明るく、暗青色《あんせいしょく》に染まっている。時々吹く風に葉が揺れて、波のような音を立てていた。大きな鳥の翼《つばさ》が羽ばたいているみたいで、それがなんだか怖い。

椎野くんの顔をまた覗《のぞ》く。椎野くんは木々の頭、それと夜空を見上げるように顎《あご》をあげていた。車いすの肘《ひじ》かけに置いた手が、ぎゅっと握《にぎ》りしめられている。顔はどこにもしわが寄っていなくて平坦《へいたん》で、緊張でもしているように見えた。今度はぼくを見上げることもない。

森の中に眠るものは、本当に隕石《いんせき》なんだろうか。椎野くんの顔を見ているとなんでか、そんな不安にかられた。だけど今更《いまさら》帰ろうなんて提案することは、どう考えても無理そうだ。

森の塀《へい》みたいに立っている木々の前で、先頭のワルが一度立ち止まる。

振り返ったワルはニヤリと笑って、ぼくと椎野くんの顔を思わせぶりに見渡す。

「覚悟はいいか？」

なにを覚悟すればいいんだろう、と首を傾《かし》げた。

♇

「覚悟はいいか」と独《ひと》り、揺れる森を前にして呟《つぶや》く。
森はなにも答えず、風に身を委《ゆだ》ねていた。

♇

子供だけで森に入って、そのまま道に迷って出られなくなったらどうしよう。森の中で新しく生活していかなければいけない。電気は通っていないけど、代わりに森にはお母さんがいない。それにワルと椎野くんがいる。今の生活と比べていけば、悪くないかもしれない。だけどぼくはともかく、ワルや椎野くんの家族が悲しむだろう。ワルには弟がいるし、椎野くんにはお姉さんがいる。姉弟がいるっていう感覚をぼくは理解できないけど、いいものなんじゃないかと勝手に想像している。だからワルか椎野くんがいなくなって、残った人がぼくのように一人となることは正しいはずがない、となんとなく考え直す。
森に入ってから一分ぐらいで、まず考えたのはそんなことだった。

「こりゃ迷ったら絶対に死ぬなー」

感心するような口調で言わないでほしい。ワルはペンライトで前方の木々を照らしながら、今までの道と同じような歩幅で先頭を進んでいる。迷ったらと言ったけど、実際に森の中は同じような景色ばかりで、まっすぐ歩いているかも段々と分からなくなってきていた。

「ねぇ。ちゃんと、帰れるのかな」

「大丈夫だよ。この森で遭難《そうなん》した人が出たって話は聞いたことがないから」

ぼくの弱気な質問には、ワルの代わりに椎野くんが答えた。椎野くんはどの木々の間を通るかで度々《たびたび》悩んで立ち止まり、道路よりも確実に大変さが増していた。それでも十分に器用に進んではいるけどワルとぼくらの距離《きょり》はすぐに広がり、それに気づいたワルは小走りで戻ってくるのを繰り返していた。

「地元の人からすればここは、森じゃなくて林ぐらいに思っているみたいだし」

椎野くんがそう言うと、森の奥から戻ってきたワルが「へぇ」と手近な木を叩《たた》く。

「森と林ってなにが違うんだ？　木の数？」

「かもしれない」

ワルのひねりがない発想に、椎野くんがあいまいに頷《うなず》く。なんだか、餅《もち》つきみたいだ。

「ま、隕石《いんせき》があるなら森でも林でもなんでもいいんだけどな。そういえばオレたちのクラスには森も林もいないよな」

字だけ関係して他《ほか》はまったく唐突《とうとつ》なことを呟《つぶや》きながら、ワルが歩きだす。ぼくと椎野くんは慌《あわ》てて追うことはせず、足もとに気をつけながら木々の隙間《すきま》をくぐっていく。

森の中は、風に吹かれた葉っぱの擦《こす》れあう音が一層強くなって、肌寒さが増したように錯覚《さっかく》してしまう。鳥肌を手のひらで撫《な》でると、上半身が余震《よしん》のように軽く震《ふる》えた。

時々振り返ると森の彼方《かなた》に、まだ家の光が細々と残っている。それが自分の命綱みたいに思えて、ぼくは安堵《あんど》した。こんな小心なのに、ここから先を歩けるのだろうか。

「でもなんで、隕石はここに落ちたんだろうな」

前を歩いていたワルが少し大きな声で、変なことを言い出す。椎野くんも困惑しているのに、頭の悪いぼくがその発言の意味を酌《く》みとれるはずがない。ワルが言葉を続ける。

「オレが考えるに、ここに落ちた方が格好いいからだと思うわけだが」

「ごめん、なに言ってるの？」

ぼくはそれなりにまっとうな疑問を投げかけたと思う。だけどこちらに振り向いたワルは苦《く》渋《じゅう》のように目を瞑《つむ》り、やれやれとばかりに首を横に振った。

「どうでもいい道路の隅《すみ》っこに落ちるより、街から離《はな》れた森に落下、って方がロマンはあるだろ？　隕石もそういうところ、ちゃんと考えてくれたんじゃないのって話」

ごめん、なに言ってるの。もう一度言いそうになった。でもさすがにワルが怒りそうだから、目を何度もまばたきさせるだけにした。椎野くんの顔を窺《うかが》う。笑っていた。

「隕石の動機か。壮大だなぁ」

椎野くんは今のワルの言葉を理解できたらしい。凄《すご》すぎる。他の教科は無理でも、国語のテストだけ受けてみたらどうだろう。

「うん？　そうか？　そうだそうだ、ソーダイだ」

むしろ今度はワルの方が理解していない感じで、おざなりな反応だった。「ソーダイソーダイ」と歌うように口ずさみながら、またさっさと森の中へ進んでいく。なんかちぐはぐだな。

まだ笑ったままの椎野くんが少し遅れているので、足並みを揃《そろ》えようと歩幅を狭《せば》めた。

ゆっくり歩いていると、周囲の景色がよく見えるようになってくる。

森を作る木々は一本一本が個別のはずなのに、中から覗《のぞ》くとそこには妙な連帯感があるように感じられる。小さな魚たちが集《つど》って大きな魚に見せかける話のように、木が自分から望んで、森を一つの生き物にしているみたいだった。他《ほか》に住んでいるはずの虫や鳥の気配を感じないのは、そのせいだろうか。

「隕石《いんせき》って、まだなのかな」

ただ森の中をさまよっているだけにはなりたくないので、ワルに質問してみる。

「あー多分もう少し。今は北側に向けて移動中だ」

「北側？」

「隕石の落下した場所だよ」

椎野くんが補足する。なるほど、と顎《あご》を引く。でもすぐに次の疑問が訪れる。

「方角、分かるの？」

「まぁ大体な。オレの向いている方向が北になるから」

沈黙《ちんもく》する。いや、絶句？　言葉が出てこなかったし、引き返したくもなった。

「嘘《うそ》だよバカ」

反応がないことにいじけるような調子で、振り向いたワルが種明かしする。なんだ、とぼくは胸を撫《な》で下ろした。椎野くんは初めから冗談と分かっていたように微笑《ほほえ》んでいた。

でもすぐに次の疑問が訪れる。ベルトコンベアーが、頭の中でガチャガチャ動いてどこかから疑問を運んでくる様子を想像してしまう。

「それで、方角は？」

「まぁ大体な」

もうなにも言えなかった。暗がりの中でも分かるほど、椎野くんの笑顔が引きつったように見えたのは、気のせいかな。

とりあえず、ワルと一緒のオリエンテーリングは絶対にしたくない。いや、するべきではない。そう実感した。学校の行事にそういうのがないことを強く祈る。

これでワルがぼくみたいに地味ならいいんだけど、どの集団でも中心になるのがまた問題だ。こうやってぼくらという周囲の心配を引っかき回して、でも不思議と場を和《なご》ませる結果もある。

ぼくはつい呆《あき》れたように笑って、口もとを指でなでながら、ふと森の左の奥を見た。

いや、見てしまったかもしれない。

「……え?」

なにこれ、と足と目を止める。細い木々の隙間《すきま》から覗《のぞ》ける大木の幹に、妙な落書きがあった。白いチョークで窓みたいなものが描かれている。暴走族の落書きにしては主張がないし、それに、真新しい。殴《なぐ》り書きで、長方形にも見えるし、『O』にも見える。ぼくはまだ見たことがないけれど、先生の書くテストの〇点というのはこんな書き方なんだろうか。

「御家君?」

椎野くんが、足を止めて自分より遅れたぼくに声をかける。ぼくは椎野くんの方と奥の落書きを交互に眺《なが》めて、なにをどう伝えればいいか少し悩む。

暗闇《くらやみ》の中で、その白い線は自分から光を発しているように克明に映る。先を行くワルは急いで歩いていたから、見落としたみたいだ。ワルもぼくらの様子に気づいて立ち止まっている。

「なにか、変なのがあるんだ」

そう呟《つぶや》くように答えながら、その落書きの方へ足を伸ばしてみる。奥といっても距離《きょり》は二、三メートルですぐに木の根もとまで行けると思ったからだ。落書きの高さからして、大人ぐらいの身長の人が書いたと思う。そして落書きが真新しいということは最近、こんな森に入った大人がいるということだ。その大人は隕石《いんせき》についての取材とか調べ物とか、そういうことで来たんじゃないかとぼくは考えていた。あの落書きは隕石の場所を示しているのかもしれない。

　大木の根もとに到着する。振り向くと、椎野くんたちはおぼろげに見える距離だった。ワルの歩いている様子がなんとなく分かる。こっちに来るつもりなんだろう。大木の方を向く。

　間近で観賞する落書きは、やっぱり窓みたいだった。大きくて、もし本物の窓だったら大人も簡単に飛び出せてしまうだろう。他に落書きとか注意書きみたいなものがないかな、と周辺を簡単に探してみたけど、なにもなさそうだ。隕石とは関係ないのだろうか。

　ワルの楽天的な生き方に不安を覚えたぼくの、考えすぎだったのかもしれない。

　風と葉の音にまじって後ろで、椎野くんかワルのどちらかがぼくの名前を呼んでいるみたいに聞こえた。ぼくはそろそろ戻ろうと思い、けれど最後にその窓のような落書きになにげなく触ろうと、手を伸ばした。窓の中心に、手のひらをぺたりとつけてみたくなったのだ。

　そして白い窓にそっと触れた瞬間《しゅんかん》、

「わっ！」

　ぼくはその中へ呑《の》みこまれた。

　触れた指先から順に、自分の身体《からだ》が生ぬるい水のように溶けて窓の中へ流れていく感覚に包まれる。

　死んだ、と首の根っこが通るときに思った。

完璧《かんぺき》な人間などいない。完璧ならば、人間である必要がないからだ。

少し唐突《とうとつ》に思い出したその言葉は、誰《だれ》が言ったものだったか。確か、【窓をつくる男】だったと思う。じゃあ完璧なものが【彼ら】なのか？　俺《おれ》がそう尋《たず》ねると、【窓をつくる男】は首を横に振った。

『それはない』という断言には珍しく、熱がこもっていたように感じたのを覚えている。

だったら、完璧なものってなんだ？　俺は続けてそう質問を重ねたが、窓をつくる男の返答はなかった。分からなかったのか、それとも単に返事が面倒だったのか。

「……おっと」

森の中を歩いていたら、サクサクという足音に誘われてそんな昔を思い返していた。緩《ゆる》んでいた意識を引き締めようと、顔を手のひらで一度叩《たた》く。それから、正面に目をこらした。

夜の森を歩くのは、他人の家に忍びこんでいるようで据《す》わりが悪い。誰《だれ》かが昔捨てたと思《おぼ》しき煙草《たばこ》のからばこや、ピクニックシートの切れ端《はし》を踏《ふ》むと申し訳なくなってしまう。なにに対して俺は、肩身の狭さを感じるのだろう。森に住む者たちの息づかいは、どこにもないのに。

厳粛《げんしゅく》なお屋敷《やしき》の空気めいた、張りつめた空間が木々の隙間《すきま》にいくつもある。俺はそこを通る度《たび》に、透明な、薄《うす》い壁《かべ》のようにそれを感じる。きっと夜の森は、人間の場所じゃないのだ。絶対にあり得ないけど【彼ら】の住処《すみか》に招かれたら、こんな萎縮《いしゅく》した気分になるのかもしれない。

ここまでの道はそうでもなかったのに、森では風がめだっている。その風の向きが変わると、木々のざわめく音が子供の話し声みたいに聞こえるときもある。空耳というやつだ。こんな時間に、こんな町はずれの森に本物の子供がいるとは思いがたい。もっとも、仮にいたとしても特に問題はないのだが。仕事に支障をきたすことはないだろう。

「しかし、仕事って言ってもな。どうするか」

森の中央近くまで来ているのだが、このまま散歩中のように歩いていても成果は出ない気がする。かといって、ずっと空を見上げながら歩いているわけにもいかない。森に入った直後に実践してみたが誰しもが予想するとおり、木と正面衝突した。ぶつかって尻餅《しりもち》をついて、オマケに座りこんだ地面には丁度《ちょうど》、尖《とが》った石が生《は》えるようにあって、正《まさ》に七転八倒《しちてんばっとう》だった。いや、こういうときは泣《な》きっ面《つら》に蜂《はち》だろうか。とにかく、上を向いて歩くのは街だろうと森だろうと危険ということだ。

恥ずかしい失敗を思い起こしながら少し進むと、開けた場所に出た。木々が身を引くようにして整っている、森の応接間のような空間だ。そこには少し古びてはいるが木製のベンチやテーブルが置いてある。森林浴やピクニックに訪れた人のために用意されているようだ。

周囲を見渡して人影《ひとかげ》を警戒《けいかい》しながら、そのテーブルや椅子《いす》の側《そば》に向かう。木目《もくめ》が雨で傷《いた》んで歪《ゆが》んでいるテーブルに手のひらをつけて、少し体重で押してみる。思いの外《ほか》がっしりとした密度があって、軋《きし》むこともなかった。ただ、こんなところに傘もなく置いてあるのだから当然だけど、汚れてはいたみたいだ。手のひらにべったりと、土を練ったようなものがくっついた。

「椅子に座るのは止《や》めた方がよさそうだな」

汚れた手のひらをプラプラと宙で振って、テーブルから少し距離《きょり》を取る。それから、広間となっている周囲に視線を巡らす。ぐるりと、身体《からだ》が一周した。

この空間を上空から見下ろしたら、【O】の形を描いていそうだ。完全な円形でもなく、かといって長方形のように明確な角があるわけでもない。ゼロではなく、Oであるもの。

勿論《もちろん》、俺《おれ》がそんな言葉から連想するものは一つしかなかった。いや、逆か。俺が冥王星《めいおうせい》Oだからこそ、この広間を円形ではなくOとして見るのだ。やはり俺の価値観の始まりは、冥王星Oかららしい。地球に住んでいるのに冥王星が基準なんて、我ながら変なやつだ。

空を見上げる。今は立ち止まっているから、危険は少ないだろう。

「……あ?」

そんなふうに考えている俺を笑ったかのごとく、そいつは訪れた。

風が一瞬《いっしゅん》、完全に止まる。

それは百メートル走の始まる直前、ランナーが集中力を高めるのと似て。

そして金魚のように上を向いて、ぽっかりとマヌケっぽく開いた俺の口に飛びこんでくるような轟音《ごうおん》が、耳を引き裂いた。

木々の奥から、土埃《つちぼこり》が向かい風に乗って俺に打ちつけてくる。俺は咄嗟《とっさ》に椅子を蹴《け》り、テーブルの下に転《ころ》がりこんでから、その方角の暗闇《くらやみ》を強く睨《にら》む。

空に花火でも打ち上げたのか、それとも地面へなにかが勢いよく落下したのか、轟音の正体の判別がまだつかない。酷《ひど》い耳鳴りで立ちくらみに似た症状を引き起こしながら、事態の把握《はあく》に努める。拳銃《けんじゅう》の用意も忘れない。

第一の身の危険として考えられる銃撃《じゅうげき》、ではない。音の質が違っていた。弾丸は弾《はじ》けるような音だが、今のはなにかが砕ける音だった。……そうだ、砕ける音。地面と衝突《しょうとつ》した音だ。

空から降ってきたものが地面に衝突する。まさか、隕石？　また同じ地域に降ったっていうのか？　いや、この森に降った隕石は偽物だ。だとするなら、もしかして。もしかして、だが！

テーブルから顔を覗《のぞ》かせて、上を向く。空襲《くうしゅう》に訪れた飛行機の姿を戦々恐々《せんせんきょうきょう》、物陰《ものかげ》から探す気分だろうか。俺はすっかり暗順応《あんじゅんのう》した眼球で、夜空に【そいつ】の姿を捜し求める。

「あ……」

切り取られた影絵のような捜《さが》し人《びと》は、夜空を背景にして逃げも隠《かく》れもしていなかった。

そいつの名前を呼ぶとき、ひょっとしたら俺の唇は冥王星Oをまっとうできる喜びに満ちていたのかもしれない。そう思うほど声は上擦《うわず》って、興奮《こうふん》しているのが分かった。

それ以外のなにかが宿っていたのに誤解しているのかもしれないけど、俺《おれ》の気持ちなんて今は半分どうでもよかった。それよりも、本当に森の上空に現れたことへの驚《おどろ》きが続いている。

もう一度、恐る恐るテーブルから顔を出して、空を見上げた。

月の光に映し出されるような小さな人影《ひとかげ》は、まだ肉眼で見える高さに漂《ただよ》っていた。

その不用意とも取れる自由なふるまいに、目は釘《くぎ》づけとなる。

空をタケコプターもなく生身《なまみ》で浮遊するやつなんて、一人しかいない。

「【空を歩く男】だ」


死んでいなかった。どさっ、とランドセルを床に落としたような音がした。

ぼくが顎《あご》から地面に落ちた音だ。学校の机を縦に二つ重ねたぐらいのそれなりの高さから地面に転がって、受け身も取れなかった。硬い土に突き刺さるようになった顎が痛んで、ついでに舌まで噛《か》んでしまった。変な風に曲がった首の後ろまで痛い。腰もぐきっとなった。散々《さんざん》だ。

土の匂《にお》いがする。季節は少し違うけど、蟬《せみ》の匂いにそれは似ている。ずっと土の下にいるから、同じ匂いになるんだろうか。地面につっぷしたまままそんなことを考えていると、近くでもの凄《すご》い音が鳴った。耳そのものが破裂したときの音みたいで、ぼくは思わず目を瞑《つむ》る。

　プールの授業で両耳に水が入ったときのように、ぼぉーんとなった。音がぼやけるし、目もなんだか落ち着かない。なにが起きたか分からないけど、今のは工事現場の音より何倍もうるさかった。厳《おごそ》かで静かだった森の空気がかき乱されて、風でざわめく葉と枝の音が、今はなにかを怒っているように聞こえてくる。

　それはさておき、耳鳴りが酷《ひど》いっていうことは、耳が無事ということだ。少し嬉《うれ》しい。だけど一体なにが起きたのか理解する時間もなく、次の疑問がベルトコンベアーで、ガチャガチャ運ばれてくる。そろそろと顔を上げた先には人が立っていた。大人の人……なんだろうか。背は高いけど、背中を向けているから顔が分からない。マントのような服を着ている人だった。

「あれ……ぼくは、あの、なに？」

　顎を打ったせいか、頭が混乱している。ぼくは手から窓に吸いこまれた、の？　それはなんというか、あり得ないことじゃないだろうか。地面についている右手を見下ろす。ちゃんと溶けずにくっついていた。落下で痛んだことをのぞけば、身体はどこも無事みたいだ。

「え……落ちた？　どこから？」

　ぼくは木登りなんかした記憶はない。なんで落ちるような高さの場所にいたんだろう。パッパッパッと、連続していない写真を何枚か見せられている気分だ。なにも繋《つな》がってこない。

　木の陰《かげ》に隠《かく》れるように立って、夜空を見ていたマントの人がぼくの声に気づいたように振り向く。だけどやっぱり、顔が分からない。マントの人は銀色のお面のようなものをつけていた。

仮面、というんだったか。顔半分を隠《かく》している。目は青色で、髪は仮面の色と対照的な金色だった。染めたようには見えない金髪だから外国人なのだろうか。格好も、日本人じゃなくて西洋のえらい人みたいだし。

「消し忘れか」

マントの人が日本語で呟《つぶや》く。そしてぬるりと、夜の中を流れるように動いて、ぼくの方へ歩いてくる。お話に出てくる死神を連想させる動き方で、ぼくは地面に倒れたまま動けない。消し忘れ、とマントの人は言った。どういう意味だろう、まさかぼくを消すつもりだろうか。

そんなぼくの心配を杞憂《きゆう》にするように、マントの人はあっさりと横をすり抜ける。ぼくのことがその青い眼中にないようで、一瞥《いちべつ》さえしない。位置次第では、そのままぼくを踏《ふ》んでいきそうなほどだった。マントの人の関心は、あの木に描かれた落書きの窓にあるみたいだ。

「……えっ？」

マントの人を追いかけるように後ろを振り向いて、呆然《ぼうぜん》とする。木が違う。ぼくが見た窓の落書きが描かれていた大木と、後ろにある木は似ても似つかない。ぼくは一体、なにを目の当《まあ》たりにしているんだ。森の景色が、隠していた本当の姿を現すように歪《ゆが》んでいく。

マントの人がその美しい手のひらで木を撫《な》でて、チョークの一部をかき消す。すると描かれていた窓枠は、他の部分まで一緒に消え去ってしまう。これはタネのある手品？　それとも、魔法《まほう》？　ぼくの疑問などしったことじゃないとばかりに、マントの人は木から振り返ってもぼくを無視していた。できればぼくが顔を伏せている間に、勝手にいなくなってほしいと願う。

マントの人は、ただ大人であるとか背が高いとかそういう見た目以外に、なにか怖いものを感じさせる。毒ガエルの見た目がキラキラして綺麗《きれい》なように、マントの人の通った鼻筋や整った口もとはなにかを隠すためのものに思えてならない。鼻から下はぼくの目に見えない仮面をつけているようだ。ジッと見つめていると、逃げたいという気持ちがワッと溢《あふ》れた。

この場から逃げ出して、一人で勝手に行動したことをワルに呆《あき》れられて、椎野くんに苦笑される。そんなふうでありたい。だけど後ろの景色がどう見ても、さっきまでぼくが大木を前にして、椎野くんたちを後ろに見ていた場所とは違っている。じゃあ、どっちへ逃げればいいんだ。


周囲を見渡してワルや椎野くんの姿を探したけど、そんな期待はするだけムダだった。もし本当に落書きの窓に吸いこまれて、どこでもドアみたいに別の場所に出たのなら、ワルたちの目にはぼくが突然消えたように見えたかもしれない。そうしたら、彼らはぼくを探してくれるだろうか。それとも気にせずに隕石《いんせき》を探しに行くだろうか。多分だけど、隕石を優先しそうだ。

なにがぼくの身に起こったのか、誰《だれ》も説明はしてくれないし助けてくれるわけでもない。いつもと同じだからそれだけは分かる。だからまず立ち上がろうとして、だけどそれに合わせるように、もう一度さっきと同じ音が耳をつんざく。まだ耳の中がぼぉーんとなって音が滲《にじ》んでいるから、今度は大して驚《おどろ》かない。それに、今回はなにが起きたかを目撃《もくげき》することもできた。

空からなにかが落下してきて、地面に激突したようだった。まさか、隕石《いんせき》？　空から降ってきたし。隕石ってこんなに、同じような場所にたくさん降るものだったかな。信じられない。

「落石とはまた原始的だが、非常に有効な点が滑稽《こっけい》だな」

マントの人がぼやく。落石？　石？　やっぱり隕石が降ってきているのかな。鳥が落としているにしては石が大きいし、なにより被害が凄《すご》い。空を見上げて、隕石の輝《かがや》きを探してみる。だけど目に飛びこんだのはわずかな星のまたたきと、まるで生き物のような影《かげ》だった。

「……人？」

空に一瞬《いっしゅん》見えたのは、まるで豆粒ぐらいの小さな人影だ。空飛ぶ人、宇宙人？　今はふっと、なにかで払われたように空から消えてしまう。

「だからこの森か。なるほど、私の天敵だな。ムダなことをしているのに効果的というのも、滑稽な話ではあるな」

空を見上げて呟《つぶや》いたマントの人の横顔には、わずかな苛立《いらだ》ちめいたものが浮かんでいるようだった。そんなマントの人をあざ笑うように次の石が降ってくる。石はぼくらから大きく外れた位置に落下したらしく、音が少し遠くなっていた。

「狙《ねら》いが粗いな。私を見失ったのか、他にも狙うものがあるのか。さて、」

「あ、あの。これってなんで、すか」

事態にまったくついていけないぼくが決死の覚悟で声をかけると、マントの人は一応といった様子に目を向けてくる。仮面の奥で、まだいたのか、という顔をされた気がする。昏が動いているかもあいまいな、冷たい声で忠告してきた。

「木の下で大人しくしているといい。運がよければ助かるだろう」

「あ、え、あの。運、多分だけど悪いです」

「そうか。では諦《あきら》めるといい」

はじめから諦めています、と答えるより早く、次の石が地面に飛びこんだ。

♀

その男は、豆粒大でしかない。だが豆粒に生えた小さな手足は空を蹴《け》るようにして、階段でものぼるように移動している。間違いなく、空を歩く男だった。ついにというか、意外と簡単に見つかって拍子抜けだ。こんなたやすく見つかるのなら、もっと噂《うわさ》になってもいいと思うが。

「いや、今日は特別なのか？」

森でなにかが起きようとしている。あるいは、始まっている。だから【空を歩く男】が森の上空に姿を現した。俺《おれ》は関係ないのか？　またなにかが投下されて、地面をえぐる音がする。

降っているものの正体は、隕石と噂されるぐらいだから石なのだろう。その石の落下場所が、さきほどより俺に近づいている。偶然か、もしくは俺を狙っているのか。

まだ相手の行動が攻撃《こうげき》か悪戯《いたずら》、どちらか判然としない。だけど分かることもある。いくら多少は頑強といっても、石が降ってきたらこんなテーブルは軽々と貫いてしまうということだ。その下に隠《かく》れている俺《おれ》の身体《からだ》も貫通しては敵《かな》わない。テーブルから飛び出す。腰を屈《かが》めて走り、木々の間に飛びこんで、ひさしの下で雨宿りするように木の陰《かげ》に隠れる。そして、考える。

握《にぎ》りしめた拳銃《けんじゅう》は役に立ちそうもない。そもそも、空に向けて撃《う》つ必要はまったくない。空を歩く男を見つけるのが今回の依頼《いらい》で、それはもう達成された。余分なことを行うのは褒《ほ》められるわけもなく、むしろ厳罰だ。故意でも偶然でも【彼ら】に近づきすぎて怒りに触れれば、処分もありえる。だからここで仕事を終えて、この場から離《はな》れるのが冥王星《めいおうせい》Oとしての正しい選択だ。たとえ、俺の中でどうも納得がいかなくても、だ。

「もっとも、まだ無事に帰れるか分からないが」

【窓をつくる男】の教育には空からの襲撃《しゅうげき》に対する訓練まであったが、高度が違いすぎて役に立つとは思えない。その【窓をつくる男】がこの場に颯爽《さっそう》と現れて、また窓を作って俺を逃がしてくれることも期待できそうにない。自力でなんとかするしかないようだ。

【空を歩く男】が夜空から消える。足場があるように空をのぼって、肉眼で見える高さより更《さら》に上空へ向かったようだ。どこまで歩いていけるのだろう。そんなどこか暢気《のんき》な疑問を思い浮かべている間に、【空を歩く男】は次の手を実行していた。

風を切る落下途中の音が今回は大きい。なんだ、と眉《まゆ》をひそめた瞬間《しゅんかん》、音の爆弾《ばくだん》がいくつも破裂した。しかも一度で終わらない。耳障《みみざわ》りな音が断続的に繰り返されて、その騒々《そうぞう》しさの中、【空を歩く男】がなにを行ったか気づいて空に吠《ほ》える。

「石をいっぺんに降らしてきた！」

♀

音はいつまでも終わらないんじゃないか、と恐怖するほどだった。だけど落石はとっくに終わっていて、それがぼくの頭の中で反響《はんきょう》しているものだと気づいた。頭を振って、ふらふらとまた倒れそうになりながらも木に手をついて立ち上がる。
五、六メートルぐらい離れた場所にも一つ、石が落ちて地面のかけらがここまで飛んでくる勢いだった。こんなのが人に向かって落ちたら、脳みそが土のように飛んでしまうだろう。
「精密さではなく手数を優先か。更《さら》に効果的だな」

耳も塞《ふさ》がずに涼しい顔で、マントの人が感心したように言う。マントの人の右手にはいつの間にか、短剣が握《にぎ》られていた。綺麗《きれい》でちょっと大げさな装飾のついた、飾りものめいた短剣はマントの人の浮き世離《ばな》れした格好によく似合っている。

「空が相手では手の出しようがないな」

短剣をぽいっと投げて、くるくると空中で二回転させてから柄《つか》をちゃんとつかむ。サーカスの人みたいだ。石が降る最中も、ぼくみたいに頭をおさえて屈《かが》むことはなく、同じことを繰り返す。授業中、シャープペンをカチカチと押すように気軽にやっているけど、見ているこっちが怖くなる暇つぶしだった。マントの人が短剣をマントの中にしまってから、振り向く。やはりぼくじゃなくて、さっきまで窓の落書きがあった木の方に振り返ったようだ。

「【窓】をこれ以上見せるのはマイナスだけか」

よく分からないことをぼやいてから、マントの人が優雅な足取りで移動し始める。ぼくはここに一人で取り残されるのと、それとも『なにか』という正体不明の怖さを感じる人の背中にくっついていくかで迷う。さっきはいなくなってくれればいいと思ったけれど、石が降るような天気の中で大人とはぐれることには抵抗があった。それにマントの人はさっきから、降ってくる石に堂々としている。絶対に当たらない、と自信を持っているように。そういう人の側《そば》にいれば、ぼくも当たらなくてすむんじゃないだろうか、とよく分からない期待を寄せてしまう。

木の陰《かげ》で大人しくしていても、運が悪いから助からないと言ったのはぼく自身ということもある。「うん」と頷《うなず》いて、マントの人について行くことを決めた。そうすれば少しは、今の森で起きている不思議なことが分かるかもしれないという考えもあった。マントの人は、今の状況をすべて把握《はあく》しているようだったから。

追いかけてくるぼくに気づいて振り返ったマントの人は目を細めたけれど、なにも言わなかった。前を向いてそのまま進む。ぼくはそのマントの人を自分より大きな影《かげ》とするように、一歩後ろについて俯《うつむ》きながら歩く。

　空が大変になっても、ぼくは歩くときに俯いてしまうらしい。性分なんだろう。石が次々に落下する森の中を悠々と歩いて、散歩の途中に景色を楽しみながらふと、思いついたことを口にするようにマントの人が呟《つぶや》いた。

「傘でも持ってくればよかったか」

　その発言が冗談なのか本気なのか、まるで読めない平坦《へいたん》な喋《しゃべ》り方《かた》だった。

♀

　飴玉《あめだま》の袋をひっくり返したようにバラバラと、景気よく石がばらまかれる。クラッカーの紙《かみ》吹雪《ふぶき》を連想する音や衝撃《しょうげき》の弾《はじ》け具合だ。俺《おれ》はその場にジッと留《とど》まり、石が自分を狙《ねら》っていることに半《なか》ば確信を持つ。大まかではあるが、森の広間の周辺に石が落下してきたからだ。

　ここから離《はな》れた方がよさそうだ。ただ、【空を歩く男】に発見されないように移動しなければいけない。あいつは空から、森にまぎれる俺が見えているのだろうか。双眼鏡ぐらいは用意してきているかもしれない。また石がいくつも風を切る音が重なり、そして、

「あ？」

　肩を強く後ろから突き飛ばされた気がして、前のめりになる。倒れかけて、足の指で強く地

面を踏《ふ》んだ。さあっと、肩の下が一気に冷たくなった。

石の音にまぎれて、その弾《はじ》ける音色は耳をつんざかなかった。けれど痛みと熱は確実に俺《おれ》を通過して、一拍遅れて短い悲鳴をあげさせる。

「いつ、ううっ！」

独特の焦げた臭《にお》いが突き抜ける。突き飛ばされた衝撃《しょうげき》の正体はこれだ。肩を撃《う》たれた。縦でなく横の線。肩口から血が噴《ふ》き出《で》るのと同時に歯を食いしばって振り返る。闇夜《やみよ》に昼間見た顔が浮かんでいた。

「わおっ」

俺を追いかけ回していたオバサンが構えた拳銃《けんじゅう》を発砲しながら突進してきていた。木々の間をイノシシのように駆《か》け抜けて、躊躇《ちゅうちょ》なく二発、三発と撃ってきた。幸い、それは他の木の幹をえぐり、粉や破片を散らすだけだった。逃げなければいけないものが一つ追加されてしまう。

縦と横からの攻撃。とするなら逃げ場はどこだ、斜め？　斜めに逃げる方法ってなんだよ。いやそれより、こんなところまで現れるということは、オバサンはやはり【空を歩く男】と関係あるようだ。こちらも威嚇《いかく》にと拳銃を一発放つ。だがオバサンの勢いは止まらない。石だってまだ降《ふ》り注《そそ》いでいるのに、そっちの方はほとんど眼中にないような猛烈ぶりだった。

考えるのを諦《あきら》めて普通に逃走した。【空を歩く男】からの攻撃はこの際、回避《かいひ》を運に任せる。狙《ねら》いは横軸の拳銃の方が正確だ。森の中を逃げ回って、まずはオバサンの追跡をまく。

振り返らず、噴き出す肩の痛みをうっとうしく感じながら地面を蹴《け》る。

空を歩ければこんな苦労も、原チャリも自動車もいらないんだろうな、と妬《ねた》みながら。

♇

「おや？」

雨の具合を確かめるように、手のひらを上にしてかかげたマントの人がまずそれに気づいた。

ついでぼくも、乱れていた森の静寂さが埃《ほこり》のようにゆっくりとふりかかってくるのを感じた。

「石が止《や》んだか。逃げたのか？　なぜだ？」

なにかを不思議に思うことがまったく似合いそうもないマントの人が、首を傾《かし》げる。

♇

ババァと銃弾から必死に逃げる最中、ふと状況の変化に気づいて息を吐《は》く。

空を見上げて、練り上がったような雲の広がる穏《おだ》やかな夜空を確かめた。

「落石が止んだ？」

どうしてだ？　森のどこかでなにかがあったのか？

手を下ろしたマントの人は、しばらくの間、空を見上げてなにかを探していた。ぼくも見た、あの人影《ひとかげ》だろうか。ワープしてしまう窓をつくる人がいるぐらいだから、空を飛ぶ人がいても納得しなければいけない気がする。どっちの方がぼくにとって、より非現実的なんだろう。

長々と、念を押すような確認が終わってから、マントの人がぼくに振り返って、嫌みのように話しかけてきた。声は相変わらず冷たいままで、森に吹く風のようだった。

「運はよかったようだな」

「あ、は、どうも……」

しどろもどろになって頭を下げる。そこで自分の服が新しく葉っぱや土だらけになっていることに気づいて、げんなりした。

「ここには一人で来たのか？」

「いえ、あの、友達、と」

顎《あご》を打ったせいか、口を動かすと付け根の部分が痛む。そのせいでいつもよりずっと自信がなく、口ごもったような喋《しゃべ》り方になってしまう。マントの人に不信感をもたれないか心配だ。

なにしろこの人は、短剣を隠《かく》し持っているような人だから。

マントの人は森の奥を睨《にら》むように見つめて、「なるほど」と顎を引いた。なにかを見つけたような仕草《しぐさ》だ。釣《つ》られてその方角に目をこらしてみるけど、ワルや椎野くんの姿はなかった。

マントの人がマントの端をスカートのようにつかみながら、ぼくの足もとに屈《かが》む。かしずかれているみたいで、居心地が悪い。マントの人はぼくの顔を見上げて、釘《くぎ》を刺してくる。

「今夜のことはすべて忘れるように。そして私のことを吹聴《ふいちょう》するのも止《や》めておいた方がいい。君が話したところで誰《だれ》も信用しないだろうし、なによりそんなことをすれば君や家族は簡単に『死ねなくなる』。生き地獄は感覚がある分、本物の地獄より辛《つら》いことだろう」

後半は死ぬとか地獄とか物騒《ぶっそう》な話で、なにを言っているか分からない。でも前半は納得だった。確かに今夜のことをぼくがどうやって話しても、他の人に理解できるように説明する自信はなかった。子供の想像と思われてお終《しま》いだ。ワルだって信じないだろう。

「分かったね？」

「は、はい」

念を押されて、慌《あわ》てて頷《うなず》く。マントの人は「それでいい」と最後まで冷たい調子だった。

そしてマントの人が、あざやかな手際《てぎわ》でチョークを走らせる。地面に。

「えっ？」

白い窓枠にぼくが囲われた瞬間《しゅんかん》、地面が消えた。そして落とし穴を踏《ふ》んだようにストンと、なんの引っかかりもなく落下していった。首もとまで足もとに吸いこまれる直前、マントの人の見下ろした目と視線がぶつかる。すぐにマントの人は空から消えた。

その直後、足が一回空を蹴《け》って、そしてまたどさっと落ちる音。屋根に積もった雪が日差しで溶けて、いっぺんに落ちるような重い音だった。落ちたのは当然のように、ぼくなんだけど。

「いつつつ……」

どうやら今度は幹じゃなくて、木の枝の集まった場所から落ちたらしい。高さと痛みが段違いだった。そして、目の前にある人影《ひとかげ》も一つではなく、二つ。

ワルと椎野くんだった。いきなり木の上から落ちてきたぼくに、二人とも目を丸くしている。どっちの驚《おどろ》き顔も珍しかった。それもぼくが驚かせるなんて、これが最後になるんじゃないだろうか。

それと落書きの窓をワルや椎野くんに見られないように、というマントの人の配慮《はいりょ》かもしれないけど、出る場所を他《ほか》にいくらでもなんとかできたと思うのは、ぼくが子供だからだろうか。

「お前、パッと消えたり現れたりできたの？」

ワルが呆《あき》れたように尋《たず》ねてくる。

そんな便利な特技があるなら、学校は遅刻しないですみそうだ。

振り向いて見上げると、窓はぼくの夢と現実を繋《つな》いだものだったように余韻なく消えさっていた。

石が止《や》んだせいか知らないが、オバサンの猛追《もうつい》はうまく撒《ま》けたように思う。あるいは落石を中断したことに、あのオバサンが関与しているのかもしれない。

とにかく方角を変えないように走り回って、森の見知らぬ場所に俺《おれ》はいた。空は夜なりの晴天というやつで、今夜はこれ以上、石も降りそうにない。今回の仕事は終わったのだ。

満足感はまだ湧《わ》いてこない。見つけるだけ、ということに納得がいかないのかもしれないし、撃《う》たれて逃げ出したことが消化しきれていないのかもしれない。肩をおさえる。

ファミレスで余分にガーゼやらをもらっておけばよかった。もう一度訪れて肩の怪我《けが》の治療を頼んだら、今度は断られそうだ。病院に行け、と言われる気がする。少し愉快だ。

あのオバサンの騒々《そうぞう》しさが失われると、木々の隙間《すきま》にあった厳粛な冷たさが復活する。くぐる度《たび》に肩の傷が冷えて、じくじくと泣くように痛んだ。それを数度繰り返すと、俺は意識していないのに地面に膝《ひざ》をついて動けなくなってしまう。出血多量、というわけでもなさそうだが。

「うう」

苦しくないのに呻《うめ》く。頭痛ではないけど、頭がぼんやりする。

今は無理に森の外へ出る方が危ないかもしれないな。あのオバサンが待ち伏せしている姿を想像して、そして俺が殺される姿を思い浮かべて、どうしてか笑ってしまう。

事務所にすぐ戻る気にはなれなくて、流れる血に続くように地面に尻《しり》を下ろす。木の根もとに寄りそって、森に抱かれるように寝転《ねころ》んだ。二日連続の野宿は身体《からだ》に悪そうなものだが、不思議と高揚感に満ちていた。森の木々から流れる滴《しずく》が、俺に注《そそ》がれてなにかを満たすように安らぎ、同時に心が安定する。

断られた仕事かもしれない。しかし、達成できたことには安堵《あんど》する。

今ならあのオバサンが襲《おそ》いかかってきても、穏《おだ》やかに受け入れてしまえそうだった。

美女だったらもう少し絵になるんだが、と苦笑しながら目を閉じる。

瞼《まぶた》の裏側には、俺《おれ》の中にある暗闇《くらやみ》だけが広がっていた。

夜が終わる。

森の事件に巻きこまれてから、三日が経《た》っていた。その三日っていうのはぼくが森の出来事で精神的にショックを受けて寝こんでいたとかそういうことが原因の時間の空白じゃなくて、単に土曜日と日曜日を挟《はさ》んでいたというだけだった。ぼくの休日は大体、スカスカしている。家にいると休むことなんかできないし、他《ほか》になにかすることも許されていない。だから大抵は、なにか理由があって一週間を振り返るときもぼくに無視されてしまう。

さすがに今回は、そんなふうに簡単に流れなかったけど。

土曜日の朝に家へ戻ったぼくに対して、お母さんの怒りは半《なか》ば、殺意とかそういうものに変わろうとしていた。夜中の無断外出に加えて、服はどろどろのぼろぼろ。怒り顔を通り越して、笑ってぼくを出迎えたお母さんは夜よりも、あのマントの人よりもずっと恐ろしかった。

殴《なぐ》られるのは家の前で予想していた。でも、くだものナイフを手にしているのは初めてだったから見た瞬間《しゅんかん》、腰がぬけてタタキに座りこんでしまった。そしてお母さんがぼくの顎《あご》を蹴《け》る。

そういう行動に出るってことは、お父さんはまだ帰ってきていないようだと悟った。

「そんな土足の場所に座るなんて行儀の悪いこと、いつ誰《だれ》がお前に教えたの？」

後ろにあった扉に頭をぶつけてクラクラしているぼくの髪を掴《つか》んで、お母さんが笑顔のまま尋《たず》ねてくる。今は目が両方とも線みたいになって目玉が隠《かく》れているけど、我慢《がまん》が終わって見開かれてしまったら、そこには人と思えないものがきっと輝《かがや》いている。ぼくはそれが怖い。

お母さんの目は、夜の空を歩く人の姿よりも遠い場所の輝きに満ちていて、覗《のぞ》くとそこへ吸いこまれてしまいそうだから。

ぼくが髪を引っ張られて、ぶちぶちと頭からぬけていく痛みに呻《うめ》いていたら、くだものナイフの柄《つか》が鼻をおし潰《つぶ》してきた。教室の扉を元気よく開けたような音が目の前で鳴った。続けてどうおどうりゆりゆ、という変な音も鼻の中でする。鼻血が勢いよく流れる音だった。

お母さんに掴まれた髪のほとんどが抜けてしまいそうな勢いで身体を振り乱し、手から自由になったぼくはタタキに倒れこむ。鼻をおさえる力もなくて、顔の中がびくんびくんって跳《は》ねるのを無抵抗に感じ続けた。鼻の外が痛いのか、中が痛むのかよく分からない。

続けてカーン、とナイフの切っ先がタタキを打つ音。その音に怯《おび》えて目を瞑《つむ》ったけど、新しい痛みはない。恐る恐る目を開いても、目の前に見えるナイフとタタキの間にぼくは挟《はさ》まっていない。外《はず》したのかな、と思ったけどお母さんは震《ふる》えていた。腕と、唇と、言葉が。

「殺すのはまずい、殺すのはいけない」と何度も自分に言い聞かせるように呟《つぶや》いて、今度は壁《かべ》を刺す。どかっ、どかっと肘《ひじ》かなにか打ちつけるような鈍い音を何度も家の中に響《ひび》かせて、くだものナイフを壁に突き立てる。壁をぼくに見立てるように、思いっきり。

ぼくはタタキに倒れたまま、こんなお母さんでも人殺しはいけないとかちゃんとルールを守るんだなあって、妙な気分でその行動を見上げていた。鼻が痛くて、身体《からだ》はどこも動かない。

お母さんが肩で息をするようになって動きが止まった頃《ころ》には、くだものナイフの刃が折れ曲がり、ぼろぼろになってしまっていた。それを壁に斜めに突き刺したまま放っておいて、お母さんは尚《なお》もぼくを殴《なぐ》り、蹴《け》り続けた。服は土だけじゃなくて、ぼくの血でもどろどろになった。

やがて解放されたとき、ぼくは生きていたし気絶もしていなかったのでホッとした。お母さんの目を盗んで、居間の棚から救急箱を持ち出して二階へ逃げた。部屋に鏡がないから、自分で顔の手当てをするのはけっこう難しかった。なにしろ痛い箇所《かしょ》ばかりで、どこを怪我《けが》しているかよく分からないからだ。包帯と湿布を適当に張って、顔がひんやりしてから満足して眠った。

お父さんはその日の昼に帰ってきた。ぼくはお母さんと並んで、玄関で出迎えすることは許されていなかったから階段の途中まで降りて、その様子をこっそりと覗《のぞ》いた。お父さんはひどく疲れた顔で、壁のたくさんの刺し傷やくだものナイフをちらりと見ても無言だった。すぐにお母さんを引っ張るようにして、家の奥へ行ってしまった。

お父さんと次に顔を合わせたのは、翌日の朝だった。お父さんはまず、ぼくの夜間の外出について尋《たず》ねてきた。ぼくは正直に、落ちた隕石《いんせき》の見学に友達と行ったと話した。名前を出すとワルや椎野くんに迷惑がかかるかもしれないと思い、そこは黙《だま》っておいた。あと勿論《もちろん》、あのマントの人のことも約束どおりに話さなかった。

お父さんはその話を聞いて怒ることはなかったけど、二度とその友達と遊んではいけないし、話すことも許可しないと言われた。ぼくは怒られずにそんなことを約束させられるのが意外だったから、思わず「えっ」とお父さんの顔を見上げてしまった。お父さんはすぐに顔をそらして、「言うとおりにしなさい」と言い残してぼくから離《はな》れていってしまった。

お父さんが敵じゃないけど、ぼくの味方でもないと分かるのは、案外ショックだったらしい。ぼくはいつもよりずっとスカスカな気持ちになって、部屋の隅《すみ》で一日中寝転《ねころ》んでいた。

森の出来事についても、なにも考えることができないほど重苦しい気分だった。

というのが、土、日の二日間の出来事だった。

そして今日、月曜日になる。布団《ふとん》の中から始まる週明けはいつもどおりに晴れていて、だけどぼくの気分は寝不足以外の理由で沈んでいた。お父さんのことは諦《あきら》めがついたけど、小学校の騒々《そうぞう》しい友達と遊んではいけないというのがこたえているみたいだった。

そんなことで残念な気持ちが一晩経《た》っても消えない自分に少し驚《おどろ》きながら、お母さんと顔を合わせないように気を遣《つか》って用意して、学校へ行くために家を出る、

「よう！」

と、遊ぶなと約束させられたばかりの相手が、外の道路でぼくを待っていた。今日の五月《さつき》晴れと同じぐらい、晴れ晴れとした顔のワルだ。いつの間に回収したのか、金曜日の放課後にはなかったランドセルが背中にくっついている。ぼくのランドセルより、見た目が綺麗《きれい》だった。多分、あまり使ってなかったり、お母さんに蹴《け》られたりしてないからだろう。

話すなとお父さんに言われたけど、こんなふうにいきなり話しかけられたらどうすればいいんだろうと目を回している間に、ワルが距離《きょり》を詰めて「ふんふん」とぼくの顔を見つめてくる。

「うひー、スゲー顔になってるなぁ。なに、やっぱ親に怒られたの？」

ワルは物珍しそうな顔だった。親に怒られることがあまりないのかもしれない。

「うん、ちょっと」

返事をしてから、お父さんの言いつけを破ったことに気づく。思わず道路の左右にお父さんの姿を探してしまった。遠くから歩いてくる小学生たちの黄色い帽子が揺れているだけで、ほ

うっと息を吐く。その小学生たちは何かを歌うように騒《さわ》いでいるみたいだけど、聞き取れない。

「ちょっとじゃねーよそれ。ま、いいや歩きながら話そうぜ」

ワルが先に三歩、通学路を歩いてから手招きしてくる。ぼくはまだ目が回って落ち着いていないけれど、なんとかそれに答える。ぼくはお父さんの言いつけに従って、ワルから距離をとらないといけない。だから一緒に行けないと素直に告げた……なんてことができるわけもないので、なんとか理由を作ろうとぼくは必死にあたりを見回した。

「え、でも、通学班と、集団登校、」

なんだかんだと理由を探そうとして、けれどそれをワルの白い歯を見せた笑顔が一掃する。

「気にするな」

「……うん」

ワルの力強い言葉に、ぼくの頭が垂《た》れる。上から頭を押しつけられたような息苦しさのない、妙な居心地のよさを伴って、ぼくはワルに従う。冷静に考えると、なにが『気にするな』なのかなんにも分からないけど、それでも身体《からだ》は自然と動いた。不思議なのに、迷えない。

あの夜のようにワルが先頭になって、通学路を歩きだす。ワルにしてはゆっくり歩いて、他《ほか》の登校している子たちにも抜かされるぐらいだった。後ろの低学年っぽい小学生たちの声が、段々とのしかかるように近づいてくる。やっぱりまだ、なにか歌っているようだった。

「しかし、あの夜は凄《すご》かったよな。オレたち、隕石《いんせき》が落ちるときに森にいたんだぜ」

「うん……」

「惜しかったよなー。もっとがんばって探して、拾っておけばよかった」

さすがに大きな音だったから、ワルや椎野くんの耳にも届いていたようだ。あの空を歩いている人や、マントの人については目撃《もくげき》していないみたいだけど。していたら、もっとそれについて騒《さわ》いでいるはずだから。

「でも隕石《いんせき》は、なんであの森ばっか降るんだろ。ますますロマンを感じるよな」

そう言って、そうだねとぼくが同意する前に、ワルはすぐに話題を変えてしまう。

「あ、そうだ。お前さ、アフターケアって言葉知ってる？」

「聞いたことあるけど、意味は知らない」

「そうか。オレも大体そんな感じだ」

ワルは一度頷《うなず》いて、それで話が終わったように前を向く。なんだろう、とは思ったけど終わったのならいいか、とこちらからは何も言わずにそのまま歩く。それよりぼくはワルと話すことで気分が落ち着き、次第に森で出会ったマントの人のことを考えたくなっていた。

次の電柱の横を過ぎてから、ワルがまた話しかけてきた。ぼくの顔を覗《のぞ》いてくる。

「あのな」

「うん？」

「今度夜に遊んだときの帰りは、オレもお前ん家《ち》に一緒に行ってやるよ」

「なんで？」

まさか一緒に謝《あやま》ってくれるとか。説明するとか。どれもこれもお母さんが相手だとムダになるだろう。その上、ワルまで殴《なぐ》られる。ぼくはワルがぼこぼこに殴られる姿なんてまったく想像できなくて、想像もつかないようなものが目の前に現れてしまったらショック死してしまうんじゃないかと心配してしまう。つまりワルが殴られる姿なんて見たくないんだけど、なんて思いがぐるぐると渦《うず》を巻いているのに、ワルはなんてことない顔で疑問に答えてしまう。

「お前の親を一緒にぶったおすんだよ」

「えっ！」

心底驚《おどろ》いて、声が裏返る。ワルの不敵そうな笑顔と、かかげた握《にぎ》りこぶしがぼくのぽっかり開いた口に入ってしまいそうだ。ワルの発想は、ぼくの常識をいつも跳《と》びこえていく。

風のない草原で、バッタの飛ぶ姿が思い浮かんだ。

「黙《だま》らせるにはぶん殴るのが一番だろ？」

ワルは悪びれず、シュッシュと握りこぶしを前へ突き出す。

「む」続きに、ぼくはなにを言いたいのか悩む。結局、出たのは「無茶《むちゃ》、だよ」

「大人なんて体力ないし、二人がかりなら勝てるよ。ヨユーヨユー」

手のひらをひらひら振って、ワルは余裕を仕草《しぐさ》でも表す。ぼくはちっとも余裕がない。ワルはぼくのガーゼと湿布だらけの顔を見て、気を遣ってくれているのだろうか。それとも単に、大人に逆らいたいだけかもしれない。いくら考えても、自由な枠組みであるワルの心が、ぼくに理解できるはずもない。

だけど、ワルがどんな理由であればぼくを味方してくれることは、言葉の端々《はしばし》から伝わってきた。……ぼくは、自分の味方になってくれる人を拒絶したくない。

だからぼくはお父さんが正しくないと、そのとき初めて思えた。

さっきから驚《おどろ》くことばかりだ。ワルの影響《えいきょう》を受けて不良になってきているのかもしれない、と想像したら愉快だった。ぼくが吹き出して笑うと、ワルは『気持ち悪いやつだな』とばかりに横目で眺《なが》めてくる。でもワルはそれを口に出さず、少し笑って、別のことを提案してきた。

「今日の放課後はシイノの家に遊びに行こうぜ」

「椎野くんの？　どうして？」

「あのネーチャンに会えるから」

そうだと思った。でも椎野くんに会うのは、いいかもしれない。ぼくとワルと椎野くん。この顔ぶれが揃《そろ》うのは、悪いことじゃないはずだ。お父さんやお母さんが反対だとしても。

「シイノも家族に怒られたのかな」

「大丈夫、って最初に言ってたよ」

「だといいけどな。オレ、大人はたおせてもあのネーチャンとはケンカしたくないし」

あくまでお姉さんにこだわるワルの言い分に愛想《あいそ》笑いをこぼしつつ、考える。

あの夜を、椎野くん自身はどう思っているのかな。ぼくはそっちの方が気になる。

……それに、ぼく自身もだ。

なにを思うというより、なにを考えたらいいのだろう。

森で出会ったマントの人は『すべて忘れるように』とぼくに言った。そして、チョークで描いた窓の中へ、魔法《まほう》で消えた。空を歩く人もいたし、あれは本当になんだったのだろう。

もう一度、夜の森へ行けばあんな魔法の世界が広がっているのだろうか。お話の中にしかないはずの奇跡が、ぼくの目の前で軽々と地面や空を行き交うのだ。そんな景色を、忘れろと言われても自力で実行できるはずがなかった。それこそ、死んだ方がよっぽど簡単だ。

そう考えてゾッとする。マントの人がぼくを殺さなかったのは、ものすごく幸運な出来事だったのかもしれない。あのマントの人に会って話を聞けば色々と疑問は解決するんだろうけど、そんな想像をしてから会いたいとは思えるはずがなかった。それにあの森にはもう行きたくないし……ん？　そういえば、さっきワルが言っていた。今度、夜に遊んで帰るときって。ぼくをまた夜遊びに連れ出す気なのか！

夜遊びの常連になったらどうしよう、とワルの横顔を覗《のぞ》き見《み》ながら不安になった。

「……？」

騒々《そうぞう》しさの中で、なにかを特別に聞き取った気がして振り向く。

大分近づいてきていた低学年の集団が、ぼくらの横を通り過ぎていく最中だった。彼らの合唱めいた声が明確に聞こえてきたときは言葉の途中だったみたいで、「セーオー」と言っていた。

だけど低学年の子たちが繰り返す言葉は短いらしく、すぐに最初から始まる。そして、その低学年たちの陽気な叫《さけ》び声に、思わず顔をあげた。

聞き覚えはないはずのその言葉に、しかしぼくの目と耳は引きつけられる。

低学年の子たちは口を揃《そろ》えて、呪文《じゅもん》でも口ずさむようにその言葉を繰り返していた。

メーオーセーオー。

『三章』

♇

冥王星《めいおうせい》となにか関係あるのか？　と最初に質問した。俺《おれ》の名前のことだ。【窓をつくる男】が俺を冥王星Oと初めて呼んだとき、まず浮かんだ疑問がそれだった。火星Rとか、木星Xもいるのかと質問を重ねて、答えはなかった。俺の発想に呆《あき》れたのかもしれない。だけどもし、そういった星の名前を冠《かん》する連中が世界中にいるのなら会ってみたいものだ。遠い遠い星、冥王星が火星や木星と出会うのだ。そこになにが生まれるのか、興味がある。

「……隕石《いんせき》は、降ってきそうもないな」

窓際に座って朝の日差しに焼かれながら、俺は影《かげ》のない青空の平和を確認しようと首を伸ばす。だけどこの部屋の窓からは空が覗《のぞ》けなくて、早々に諦《あきら》めた。

森の一件から、三日ほど経過していた。肩の傷も治りはしないが、落ち着いてきている。

「あらおはよう、早いのね」

背後から眠たげな声をかけられる。俺は振り返りもせずに、ぼそぼそと答えた。

「……ああまぁ、平日の早寝早起きは習慣だから」

俺はまだ、冥王星Oの事務所に戻っていなかった。今は三日前まで面識のなかった、独《ひと》り暮らしで年上の女の家に転《ころ》がりこんでいる。相手は二十代後半か、三十代に差しかかったばかりの女性で、名前もまだ互いに聞いていない。

「そもそもどうして、俺はこの部屋にいるんだろう」

「はぁ？」

「え、ああ気にするな。独り言だから」

「聞き捨てならない独り言は、心の中だけにしてよ」

しわくちゃのベッドシーツを蹴《け》り飛ばしながら立ち上がった、寝間着《ねまき》のシャツと下着だけの女性がふらふらと寝室を出て行く。顔でも洗いにいったのだろう。ぼーっとそれを見送る。

三日前の森で意識がもうろうとなってから、俺はずっとぼんやりしている。いつまでも霧《きり》がかかって、こうして外が晴れていても頭の中はいつも重かった。このままではいけない、と感じるのにそれを解消する気力も本格的には湧《わ》いてこない。

顔を洗っている女を待つ間に、この三日、俺はなにをどうしていたのか。曖昧《あいまい》になっているその時間を少し思い出してみよう。多少のリハビリになるかもしれない。

確か土曜日に、森の夜明けと共に目覚めた。見知らぬ木の根っこに寄りかかって眠っていた身体《からだ》はすっかりと冷えこんで、服がしっとりと濡《ぬ》れたみたいに肌にはりついていた。寒さのせいで肩や腕の傷が切りつけられたように鋭《するど》く痛んで、爽《さわ》やかな朝とはいきそうもなかった。それでも生きていること自体があのオバサンから逃れられたことと喜び、俺は森を抜け出て、市街地の方へ向かった。

オバサンがいつ襲《おそ》いかかってくるのか、と警戒《けいかい》していたけどそれらしき人影《ひとかげ》が朝の街で活発に動く様子はなかった。俺《おれ》同様、あのオバサンもなにかの依頼《いらい》を既《すで》に達成したのかもしれない。ついでに空を見上げて、石が降ってこないかも確かめた。いい天気だった。

そのまま徒歩で冥王星《めいおうせい》Oの事務所まで何時間かかけて戻れば、待ち構えていた窓をつくる男に嫌みでも言われて、しかし今回の件は終わりを迎えたと思う。だけど俺は自分の足が次第に、事務所の方角へ歩くのを拒《こば》みだしていることに気づいた。その帰りたくない、という思いは足の裏から段々とのぼってきて、繁華街《はんかがい》を越えた頃《ころ》には頭のてっぺんにまで浸透していた。まだあそこに戻ってはいけないような気がする。いや正確に言うなら、戻りたくない。そう反抗めいた気持ちが芽生えていた。その出所《でどころ》は分からない。別に窓をつくる男が嫌いなわけじゃないし、顔のない女のお小言が苦手なわけでもない。不快感はなかったのだ。

なぜか取り消された依頼も達成して、満たされるものだって俺の中にはあった。

それなのに、戻りたくないという気持ちも確かに胸の内にある。嫌悪《けんお》感のない反発、というのは非常に気味が悪いものだった。自分の内側に住む害のない微生物《びせいぶつ》が、巨大化してしまったように思えた。もぞもぞと動いているのに痛みがなくて、発狂してしまいそうだった。

俺はそれから逃れたくて、通りすぎた繁華街の方へ踵《きびす》を返した。そして、そこでこの部屋に住んでいる女と出会った。女は昼前から酔っているような自堕落《じだらく》な生活を送っているやつで、すれ違おうとした俺に絡《から》んできた。酒臭い息を振りまいて、意味不明に俺をののしってきた。

酒の匂《にお》いが酷《ひど》い吐息を浴びせられて、思わずこっちも酔ってしまいそうだった。いや実際、酔ったのかもしれない。それから気づけば、女の借りているアパートに転《ころ》がりこんで窓際でぼけーっと座っていた。俺が女をここまで連れてきたのか、逆に連れてこられたのかも覚えていない。女はベッドで腰をひねった姿勢になって眠っていた。無防備で、たとえば俺が泥棒だったらなんでも盗むことができただろうし、殺人鬼だったら女を簡単に殺せただろう。

だけど俺の霞《かす》みかかった頭は、悪事なんて起こす気にもなれなかった。

自分の荷物がなにもなくなっていないことを確かめてから、俺もその場で横になった。

屋根と床と壁《かべ》のしっかりした場所はいいものだ。眠っている間に、服の隙間《すきま》から虫が入りこんでくることもない。森での一晩がなかったように、俺は眠り続けた。

次に目覚めたときは深夜で、もうすぐ日付が変わるという時間帯だった。新しくまた酔っぱらいになっていた女に執拗《しつよう》に酒を勧められたりして、けれど互いに素性《すじょう》も語らないまま、そのままますぎていった。そして本日を迎えてしまった。

女は『出ていけ』とも『ここにいて』とも俺に言わなかった。ただ酔っぱらって、嬉《うれ》しそうに笑って俺を話し相手に使うだけだった。俺は女の態度に甘えるわけじゃないが、事務所以外に行く場所もなくて結果として居座っていた。窓をつくる男が連れ戻しに来ることもない。

「ご飯にしようか」

顔を洗って、酒も大分《だいぶ》抜けたのか顔のさっぱりとした女が俺を見て提案する。俺は「そうだな」と頷《うなず》いて、特に動くことはない。昨日の朝は朝食の準備を俺《おれ》が担当したのだが、女は嘔吐《おうと》した。二日酔いと朝食の中身がまじった結果らしい。そういうわけで、今日は女が食事を担当することになっていた。【顔のない女】の料理を真似《まね》てみたが、素人にはうまくいかないものだ。

しかし、女の料理の腕も今のところは半信半疑だ。なにしろ女が放置しているゴミ袋を覗《のぞ》いたら、山ほどのビール缶と大量のチョコ菓子の袋ぐらいしかでてこなかった。嗜好《しこう》の問題に口をだす気はないが、どういう食生活だよ。好物《こうぶつ》で心は満たせても栄養は危《あや》うそうだ。

それから十分前後の時間で、女が朝食の準備を終える。呼ばれて、女が用意した食卓を覗く。なにも塗っていないトーストと、ウィンナー。それにプチトマトがいくつか皿に盛られていた。【顔のない女】が作る、少し手のこんだ料理と比べれば見劣りするが、居《い》候《そうろう》の食事としては十分すぎるものだった。会釈《えしゃく》しながら女の向かい側の席に着く。

「俺は女運が悪いみたいだから、出会いに期待してなかったんだけどな」

「それはくどいてるつもり？」

「そう聞こえた？」

尋《たず》ね返すと、女は笑った。品のいい笑い方だ、と酒が抜けた顔を見ていて思う。

「物好きね。こんな年上捕まえて」

「そうかね。物好きってほどでもないんじゃないか？」

くどいているように聞こえたことも意外だったが。そんな気はこちらにない。

「君は若いんだから、歳《とし》に相応の女ぐらいいくらでも捕まえられるでしょ」

「包容力のある女性が好みなんだ」

「嘘《うそ》ばっかり」

女は満更《まんざら》でもない顔だった。今ならすんなりと聞いて、答えてくれるかもしれない。

「あんたこそ、どうして俺を拾った？」

拾うという表現が適切か分からないが、結果として女の部屋に居着いているのだから構わないだろう。女はその拾うという言葉に重きを置いたような返事を口にしてくる。

「野良猫よりは聞き分けがいいでしょ。トイレの場所も教育しなくていいし」

「その分、食費と減らず口は多いけどな」

「ホントにね」

女は言葉のわりに少し愉快そうだった。柔和《にゅうわ》な顔つきのままフォークを持って、ウィンナーを突き刺して口に運ぶ。丸呑《まるの》みするようにウィンナーを全部口に入れて、もごもご辛《つら》そうに噛《か》んでいる。女が口の中身を飲みこみ終えるのを見計らってから、俺はもう一つ質問した。

「なぁ、俺は何者だと思う？」

「そんなことを聞くってことは正体を隠《かく》した正義のヒーロー、かしら。もしくは罪を犯して逃亡生活中の極悪人かも」

俺の質問を最初は冗談と受け取ったらしく、女がおどけた調子で答える。

深い意味があって尋《たず》ねたわけじゃないからそれでもいいか、と冷蔵庫から取り出したばかりの固まったバターをナイフで切っていたら、女がフォークでトマトを突き刺したまま、真剣そうな表情で俺《おれ》を観察していることに気づいた。その間にトマトの隙間《すきま》から赤い果汁がこぼれていく。涙のような流れ方だった。

血と涙の成分が同じだと話していたのは、誰《だれ》だったろうか。

やがて、女は微笑を口もとに浮かべながら言った。

「少し大きい家出少年ってとこ？」

「……へぇ」

大した洞察力《どうさつりょく》だと、バターナイフの手を休めて感心してしまう。これこそ、「亀《かめ》の甲《こう》より年の功ってやつだな」

テーブルの下ですねを思いっきり蹴《け》られた。長居はできそうにもない。

♇

「なんでメーオーセーオーなんだろうな」

「さぁ」

「それになんだ？　メーオーセーオーって。呪文《じゅもん》か？」

「さあ……」

ワルの疑問に、ぼくはなにも答えられない。首を傾げるばかりだった。教室でのことだ。クラスの同級生がたわいない話をしている途中に、なぜかその言葉がまじるのが聞こえる。

隣町《となりまち》の森に落下した隕石《いんせき》が、メーオーセーオーと呼ばれるようになっていた。「お前にメーオーセーオー落とすぞ」とか、「メーオーセーオー、こっちにも降らないかな」とか、そんな感じだ。友達同士のお喋《しゃべ》りの中でとっさに使う、「殺すぞ」とか「お前死ね」みたいな感覚だと思う。

ぼくらの街と関係ないはずの隕石がどうしてうわさになっているのか分からないし、また言葉の意味も繋《つな》がらない。教室で、ぼくの席の隣《となり》に座っているワルも困惑していた。

メーオーセーオー。メーオーセーというのは、確か冥王星《めいおうせい》という星があるから、あれのことだろうか。落ちてきた隕石は、冥王星からやって来たものとか？　だとしても、オーってなんだろう。オー。王。O？　冥王星オーさん？　さっぱりだ。

とにかく分かるのは、先週に隕石が降ってきたときはみんな、まったくの無関心だったのに今では隕石のうわさ話も、お喋りの内容の一つに含まれるようになったってことだ。誰《だれ》かが休日の間に広めたのかもしれない。

「あの隕石はやっぱり謎《なぞ》だな。よし、今夜も行くぞ」

腕を組みながら教室の様子を見渡していたワルが、鼻息も荒くそんな宣言をする。ぼくは机についていた頬杖《ほおづえ》が端からずり落ちて、そのままがくんと床に転《ころ》びそうになった。

「今夜って、また、まさか、森に？」

「ん？　他《ほか》に行きたいところあるのか？」

興奮《こうふん》した顔つきとは噛《か》み合わない、冷静な声でワルが対応してくる。物わかりのいい人みたいな顔で向き合われても、ぼくはもの凄《すご》く困るのであった。

「森に、っていうか夜は、ちょっと」

今度はお母さんだけじゃなくて、お父さんからもなにかされそうだ。素直に怖い。

「学校サボってこれから行こうってか？　よしよし、お前も大分ワルになってきたな」

妙に満足そうにワルが笑いかけて、肩を叩《たた》いてくる。いやいや、きみには負けるから。

ぼくが口ごもっている間に、「あーなるほど」ってワルがなにか納得したように頷《うなず》く。椅子《いす》の上であぐらをかいて、シシシと笑った。

「ちゃんとシイノも誘うって。心配するな」

「いや、あの……どういう心配？」

「それとも一つ」

ワルの手がぼくの肩をまた叩く。ぱんぱんと、繰り返してこっちが痛いと感じるようになってきた頃《ころ》、ワルは不敵に笑ってぼくの鼻を指で押してきた。痛がる暇もなく、ワルは言う。

「安心しろって。お前の親なんか、オレがぶったおしてやるから」

ヨユーヨユー、とまた歌うようにワルが口ずさむ。そのヨユー、という言葉はワルに本当に似合う。ワルはヨユー、なのだ。いっぱいいっぱいのぼくとは隙間《すきま》の大きさが違う。

それはつまるところ、心の大きさなんだと思う。クラスの中でそれぞれの身長の差があるように、もとの素質があって、それに栄養をちゃんと取って育ってきたか、という差だ。

ワルは毎日、たくさんの栄養を取って生きている。だから大きく育った。

ぼくの心には怯《おび》えとか不安しかない。なにが悪いとかじゃなくて、栄養が偏っている。だから、大きくなれない。ワルはぼくよりずっと大人なのだ。

「おい、分かったか？」

まるであの晩の、マントの人みたいに確認してくる。ぼくは肩を揺すられながら、心地いい強制に従って小さく頷いた。

「……うん」

ぼくが頷いたことで、ワルはニッと歯を見せて笑う。真似《まね》したくなる、いい笑顔だった。

「そうだ！　放課後はお前も一緒にスーパー行くか？　盗《と》り方教えてやるぞ」

「いい、いい！　そっちはほんとに、いい！」

そっちだけは必死になって首を横に振った。そのぼくの様子を、ワルは大笑いする。

「顔真っ赤にして、大声も出せるんだな。教室で今、お前が一番うるせーぞ」

言われて、ぼくは大慌《おおあわ》てで教室を見渡す。クラスの同級生がお喋《しゃべ》りを中止して、ぼくとワルに注目していた。特にぼくに。顔がガーゼやばんそうこうだらけなこともあって、余計に。ぼくはあまりの気恥ずかしさに頬杖《ほおづえ》をついて、慌《あわ》てて俯《うつむ》いてしまう。ワルの笑い声が後頭部に、隕石《いんせき》のようにいくつも降《ふ》り注《そそ》いだ。

それからワルが、教室に入ってきた先生に注意されてしかめっ面《つら》で自分の席に戻って、朝の会が始まっても、教室はいつもどおり一つだけ席が埋まらなかった。もちろん、椎野くんの席だ。ぼくやワルは椎野くんと仲良くなって、そこからなにかが始まるような気もしたけどそれは全部、錯覚《さっかく》だったのかもしれない。椎野くんはいつもどおりに家にいて、ワルはいつもみたいに騒々《そうぞう》しくて、そしてぼくはただ自分の席で俯いている。先生の話はだれも聞いていない。

自分の生活というのを持っていても、ぼくたちはみんな子供だった。まわりの都合に振り回されるしかない無力な子供で、ワルはそれに抗《あらが》おうと必死に跳《は》ね回っているのだと、ぼくはなんとなく気づいていた。そしてそういう生き方にぼくは憧《あこが》れながら、だけどそれは遠くから眺《なが》めている憧れにすぎなくて、隣《となり》を歩くなんて本当は無理があるっていうことも、分かっていた。

ぼくとワルと椎野くんはいつか、それぞれの場所に戻って一緒に歩いたりはしなくなる。街のどこかですれ違って、そのとき目があってもなにもお喋《しゃべ》りが始まらない仲に元通りとなる。そのいつかは、意外と早く訪れてしまうかもしれない。そんな予感がする。不安ばかり抱《かか》えて生きているから、つい後ろ向きになっているだけかもしれないけど、いつだってそういう覚悟をしておかないと、ぼくは別れに耐えられそうもなかった。そんな経験がまったくないからだ。

ぼくはいつだって街のだれかと、出会う前に別れてきた。だから痛みっていうのはお母さんから与えられるようなものしかないと、ずっと思っていた。でもそれは違うような気がする。

自分の中にある痛みは、俯いているのではなく上を向くからこそ感じてしまうものが、確かにあったのだ。

……上を向くぼくはこんな夢を想《おも》っている。

もしかすると、椎野くんは今日の給食の時間になったら教室に姿を見せるかもしれない。

そうしてワルは嬉《うれ》しそうに自分の嫌いな給食の品を持って、椎野くんの席に向かう。それから、大声でぼくを手招きするのだ。そうして班を無視して、ぼくらは三人で給食を食べる。

そっちの予感は学校でも家でも久しく感じてこなかった、希望に似たものをぼくに芽生えさせていた。


「俺《おれ》、いつまでここにいていいのかな」

「いつまでいたいの？」

「一生、って言ったら？」

「そこの窓から蹴《け》り落とすかも」

「それはご勘弁《かんべん》」

普通の窓から落ちるのは遠慮《えんりょ》願いたい。アパートの三階なら受け身を取れば落下地点次第で助かりそうだけど、なんて考えだしている自分に少し嫌気がさした。それとこういった会話も、事務所にいる【顔のない女】には筒抜けなのかなと思ったら複雑な気持ちになった。

朝食を取り終えてから、食器の片づけを手伝っている最中にそんなことを聞いてみた。けど女は、はぐらかすような返事しか口にしない。俺《おれ》に決めろというのだろうか。

これじゃあ本当に、家出少年の俺が保護者の女に説得されているみたいだ。苦笑がこぼれる。

「笑っちゃって。ホントに落とされたいの？」

「いやいや。人のいい方に出会えるとは、恵まれているなぁって」

「人体に住み心地のいい場所を見つけた寄生虫も、そういうことを思ったりするのかしら」

「酷《ひど》いたとえだことで」

しかし本当に人がいい女だな。普通のやつなら見知らぬ男を警戒《けいかい》するのが常識だろうに。

……まぁ、逆もしかりってところなんだけどさ。そうなると、俺って意外と常識人なのかね？

使った皿とフライパンの水洗いが終わる。事務所でも、仕事のないときは掃除《そうじ》や皿洗いぐらいは手伝っている。そういえば俺は何日間、事務所に帰っていないのだろう。これでは本当にただの家出みたいだ。ただ俺の家出は学生のと違って少し危険だ。

いつ【窓をつくる男】や、【彼ら】に始末されても不思議じゃない。

俺の中にあった冥王星《めいおうせい》Oへのこだわりは、どこに消えたんだろう。あの森で目眩《めまい》を感じて以来、俺の意欲が働いていない。次の仕事を貰《もら》う気力もない。何者でもなく、すがるものを求めて必死だった俺はそうであった記憶を失ってしまったように、もうろうとした時間をすごしている。まるで別人だ。

森の中で、だれかと入れ替わってしまったような気さえする。

自分が何者なのか、という疑問を持っていた時期を思い出す。俺は記憶を失う、あるいは奪われる前から、人を殺せるような人間だったんだろうか。正体の分からない自分の中にいる、俺という人格はどこまで『自分』なのだろう。そんなことを、一人殺すたびに悩んでいた。

今の気持ちはあのときに近い。自分の行動の一つ一つ、それと街や部屋の中に溢《あふ》れているものになにかそれぞれの意味があるのか、とそんなところから疑ってしまう気分だ。

「……だけど、まあ、なんとなく」

独り言《ひとりごと》は、流しっぱなしの水道の音にまぎれた。女には聞こえていないだろう。疑うことしかできないような頭の中でも、なんとなく、見えているものはある。

おぼろげで、光明となるかどうかも分からないが、今の俺の舵取《かじと》りをしているのはそいつだ。

【空を歩く男】から離《はな》れてはいけない、という警告《けいこく》めいたものが俺の行動に制限をかけている。

それに逆らうことも、従ってなにか動くことも、今の俺にはできないでいた。

黙《だま》って布巾《ふきん》で皿を磨いている女に聞いてみる。

「あんた、仕事は？」

「いいのよ」

いいのか。食器を拭《ふ》き終えてから、俺《おれ》はまた窓際《まどぎわ》へ向かい、座りこむ。窓硝子《ガラス》に寄りかかりながら、片膝《かたひざ》を立ててぼうっと外を眺《なが》める。いつか、少女漫画《まんが》で見た姿勢だ。

「んむ、む、む……」

閉じていた自分の唇がうっすら開いて、もごもごと面倒そうに呼吸する。そのときに漏《も》れる音が寝言みたいだった。肩や頭にタオルケットでもかけられるように柔らかい光が注《そそ》いで、次第に自分の呼吸が小さく、そして安定してくるのを感じる。どうやら眠りたいらしい。

瞼《まぶた》が重くなって、まばたきの間隔が長くなる。一度目を閉じてから、開けるのが辛《つら》い。

部屋に入ってきて、朝っぱらにもかかわらず缶ビールの封を切っている女が、俺を見下ろして呆《あき》れたように言う。

「君は窓際にばっかり座ってるけど、日差しが気持ちいいの？」

「……そうかも」

「眠たそうな顔。猫みたい」

穏《おだ》やかだ。ぼそぼそ、っとそう答えた。もう顔の上半分は眠っていて、女の顔は見えない。

「口に出すとなんかマヌケな言葉ね」

俺もそう思う。だけど今の俺は、なにも分からないマヌケじゃないんだろうか。

♇

給食の時間が近づくと、ぼくはついそわそわと教室の入り口に目線を運んでしまった。先生が黒板に書いた文章と、それを写すノート、その合間に入り口の扉も見なければいけなくなって、ペンを持つ右手は大忙しだった。ワルはいつもと変わらずに椅子《いす》を後ろへ傾けて、黒板もノートも無視して入り口を見つめていたから楽そうだった。少し真似したくなったけど、なんとかこらえた。

ぼくとワルの興味は当然、椎野くんの登校だった。夜の森で会話して盛り上がったように、給食の時間になったら、椎野くんが教室にやってくるんじゃないかという期待と緊張に、ぼくは包まれていた。

もし教室に現れたら、不登校にくわえて、車いすも注目を浴びるだろう。いつから学校に来ていないか分からないけど、椎野くんの足が悪いことなんて、今のクラスのみんなは知らないんじゃないだろうか。ぼくらだって先週、椎野くんの家に行って初めて知ったぐらいだ。

四時間目の国語の授業が終わる。教室がワッと、電気をつけたように騒《さわ》がしさを切りかえる。その騒がしさの中に、『メーオーセーオー』という言葉がまたまじっていた。そして先生が黒板の前からいなくなるとすぐに、前の机に収納されていた配膳用の台が給食当番の手によって用意される。カラカラカラと、小さな車輪の回る音はにぎやかな教室の中で、不思議と耳にすることができた。それを聞きながら、教科書とノートをしまって給食袋を取りだす。今週はワルのいる班が給食当番だった。

当番はそれぞれが白衣を着てマスクをつけて白い帽子を被《かぶ》る必要があるけど、ワルがそれを守ることは想像できなかった。少しその様子を目で追ってみると、やっぱりワルはそういうものを無視して、廊下に出ていく。ワルの肩をつかんで振り向かせることのできるやつは、このクラスにいない。責任感のある委員長とか、そういうのもここにはいなかった。

ワルはしばらく戻ってきそうになかった。給食当番なんか手伝わない気かもしれない、ワルだから。それとも、椎野くんの姿を廊下に探しにいったのかもしれない、ワルだから。どっちもワルっぽかった。ぼくの中で、ワルという人間の幅は今まで出会っただれよりも広い。

給食は基本的に、班のみんなと食べるのがルールになっている。班員の六人の机を向き合わせるのだけど、ぼくの席は右ななめで、前とも横とも机が少し離《はな》れている。今まで、ぼくは空気だった。だけどワルと仲良くなるようになって、ぼくは目に見える距離《きょり》を取られるようになっていた。ワルは味方も多いけど、敵も多い。ぼくはワルだけが味方で、敵は増えてばかりだ。

病院の個室から、一般病室の方を覗《のぞ》くように他《ほか》の班員を見る。班の人は班長の男子一人と、残りは女子が三人だ。六人の班はいつだって、ぼくを含めても五人しか座っていない。

ぼくらの班には椎野くんがいるからだ。今日はその空席が埋まるかもしれない、と考えているのはぼくとワルだけだろう。先生だってなんにも気を配ってはいない。日直の人が、放課後に持っていくのは面倒くさいなぁとか、この教室で椎野くんっていうのはそれぐらいで終わりな同級生だと思う。だからこそ、そんな椎野くんが教室に来ることでどう変わるのか、ぼくはそれを見届けたかった。

五人の給食当番が、給食の入ったなべやボウルを運んでくる。ワルの姿はないけど、だれもそこには触れようとしない。そういえば、今日のこんだてはなんだろう。

ぼくの班の人たちは女子三人が仲良くお喋《しゃべ》りしているけど、左ななめの男子の班長は一人で退屈そうだった。ぼくと目があう。すぐにそらしあった。顔を横に向けるとき、班長の視線で目の下が少し切られたように痛んだ。

だらだらと動く給食当番たちの隙間《すきま》を覗きこむように、ぼくは教室の入り口を見た。ワルが出ていって、少し乱暴にとじた後ろの扉が開く気配はない。教室の机同士の距離は、椎野くんが車いすで通れるほど開いているのかな。ぼくの心配は、ムダなものかもしれない。

椎野くんとワルが不在のまま、給食はどんどんとみんなの机に用意されていく。パックの牛乳、ご飯、高野豆腐《こうやどうふ》のカレー煮、ほうれん草のおひたしにきんとき豆の煮つけ。それとおやつとして冷凍みかん。煮物が被っている。給食センターのおばさんたちの都合だろうか。ぼくの嫌いなものはないからいいけど。

そして配膳が終わる。牛乳は一つあまって、専用の箱の中で横に転がったままだった。日直の号令に従って、伏し目がちに、いただきますと手をあわせる。

椎野くんはやってこなかった。

ぼくの予感はただの空想で、実現することはない。やっぱり、ぼくらは子供なんだろうか。なにかを変えた気になっても、本当はなにも変えられていない。

ぼくらががんばって飛び跳《は》ねても、もっと広い場所にあるものには手が届かない。ぼくから見れば自由に、好きな場所を歩きまわっているようなワルでも、きっとそういった限界を感じながら生きているんだろう。ぼくらは通学路を歩くように、一本道な毎日なんだと思う。

やがてワルが教室に戻ってきた。それから、椎野くんの席を睨《にら》む。そして、大またで歩く。

ワルは自分の席に並べられた、給食の食器が載ったプレートを涼しい顔で持ちあげて、他《ほか》の班員や先生の視線なんかまるで無視してぼくの方へやってくる。そして椎野くんの席に給食を並べてからどっかりと椅子《いす》に座り、ぼくを無表情に見る。でもすぐに、ニッと不敵そうに笑う。

ワルはなにもためらわないで、高野豆腐のカレー煮をぼくの皿にすべて移した。さっそく、ワルの嫌いな給食が出ていたらしい。ぼくの皿にドロドロと、豆腐とカレーとグリーンピースが流れ落ちる。皿がいっぱいになり端からカレーが流れそうになって、そこで移し終える。

班員が注目しているのも気にせず、ワルはからっぽになった皿を引っこめてから平気な顔で給食を食べ始める。ぼくはワルの行動にしばらくぼーっとしていたけれど、それは啞然《あぜん》となったわけでも、困惑していたわけでもなかった。

ぼくの中にある言葉では表せないけど、ワルの言いたいこと、やりたいことはなんとなく伝わってきていた。説明できないのがもどかしくて、胸がつまる。それは何年も前に死んだけれど親しかった人のお墓まいりに行くときや、もう取りこわされてしまったお店があった場所を見つめるときの気持ちに似ているのかもしれない。

　ここにないけれど、ここにいるぼくらの中にあるものをそっと覗《のぞ》くような感覚だ。

　ぼくらがなにかの内側に祈るとき、きっとこんな気分になるのだろう。

　ワルと目があう。ぼくは慣れないせいか笑えず、ぎこちなく頬《ほお》を引きつらせる。

　そんな顔をしていると、もしかしたらぼくはワルにいじめられているように見えているのかもしれないと思い、なかなかに愉快となり、山盛りとなった高野豆腐《こうやどうふ》にも易々《やすやす》とハシがのびた。

♇

　昼すぎになっても俺《おれ》はまだ、歩きだすことができないでいた。

冥王星《めいおうせい》Ｏという与えられた道に反抗するように、ずっと窓際でまどろんでいる。朝に猫みたいと言われてしまったが正しくその通りで、今ならいくらでも眠れそうだった。

　そんなに疲れているわけじゃないと思う。むしろ、俺は今までずっと頭を使わないで生きてきたんじゃないだろうか。逆に今、俺は目覚める途中なのか？

　このまどろみは冬の朝、目が覚めてきているのに、布団《ふとん》の中から出るのを拒否している子供と同じなのかもしれない。心地よくて、だけどいつまでもこのうとうとした浮遊感が続かないという将来への不安で、心が揺れる。そして心が不安定だと、本当に眠ることはできない。

女は缶ビールを二本開けてから、ソファーの上で高いびき中。仕事には本当に出かけないようだ。定職にも就《つ》かず、朝から酒浸《さけびた》りの女はどうやって生活費を捻出《ねんしゅつ》しているんだろう。きっとよけいなお世話なんだろうけど、少し心配になってしまう。

女の歯ぎしりを遠くの工事現場の音みたいに聞きながら、窓の外を眺《なが》める。そういえば、ここはどこだろう。繁華街《はんかがい》の近くなんだろうか、それとも俺《おれ》の見知らぬ街なのか。

女と夜明けに出会って、この家へ来てから一歩も出歩いていない。だから、ここがどこかなんてことも分からない。知らないことがまた増えた。知っていることがまた減った。

窓から見えるのは、白い宮殿みたいな見た目の予備校。昼間で日当たりもよさそうなのに、中は電気がバンバン灯《とも》っていた。浪人生、っていうんだろうか。そういう若者たちがお茶のペットボトルを片手に、窓際で談笑している。きっと大きなお世話なんだろうけど、彼らは勉強しなくていいんだろうか。中の一人と目が合ったら、相手の方が慌《あわ》てて顔をそらした。

窓は予備校のビルをいっぱいに映している。空が見えない。暖かい日差しはあるから、今日も晴れているんだろう。【顔のない女】は事務所で洗濯物を干しているのだろうか。

小言の多い彼女の声を、子守歌にするように思い出しながらしばらくの間、うつらうつらと船をこいでいた。途中、【窓をつくる男】が側《そば》に立つ気配を感じた気もする。だけど夢現《ゆめうつつ》で、それが本物かは分からない。俺がそのまま俯《うつむ》いていると、その気配は消えた。なぜか少し寂しかった。

やがて昼下がりぐらいになって、女が起きる。大きなあくびを噛《か》み殺してから、目を擦《こす》る。それと口もとを手の甲《こう》で拭《ぬぐ》った。俺の寝ぼけまなこに一部始終を見られていても、恥じることはないようだ。女は伸びをしてから、ソファーより足を下ろす。

女は「おはよ」と俺に挨拶《あいさつ》し、床に転《ころ》がっていたビール缶を二つ片づけて、少しこぼれたビールを布巾《ふきん》で拭《ふ》いてから、その後にナイフを俺の喉《のど》もとに背後から突きつけた。

……………………ナイフだ。まどろんでいた俺は俯きがちで顎《あご》が下がっていたから、首には添えづらそうだ。だけどその刃は俺の顎の先を削るように、喉もとに肉薄《にくはく》している。女が手を勢いよく引けば、俺の喉はパックリと裂かれてしまうだろう。

「……乱暴な起こし方だな」

まだ少し眠いせいで、反応するのも億劫《おっくう》だ。本当は息を止めたり、目を白黒させたりしないといけない場面なんだろう、普通は。目が覚めたら、俺も存分にビックリしよう。

「驚《おどろ》かないのね」

女の声は朝の調子から変わりない。泥酔《でいすい》によって前後不覚、ってわけでもなさそうだ。

「親切がすぎたよ。あんたの人のよさには裏があるって、決めつけてた」

それに拳銃《けんじゅう》で唐突《とうとつ》に撃《う》たれるよりは、ナイフの方がまだマシだ。

俺《おれ》はようやく目を擦《こす》って、あくびを大きく一つする。流れる涙は肌に冷たかった。

トイレに行きたくなったので、もぞもぞと上半身を揺すってごまかす。

「動かないでくれる？」

「さっきからほとんど動いてないつもりだけど」

軽口を叩《たた》いてから、溜息《ためいき》とともに心が沈む。

やっぱり女運が悪いんだな、俺。

冗談じゃなくて、出会った女はバンバン撃《う》っておくべきだったかも。

心地《ここち》いいまどろみが終わる。ここからなにが始まるのだろう。

♇

「オレたちがシイノの家に行くから、それよこせ」

放課後のワルが今日の日直に詰め寄って、給食の残りである冷凍みかんとプリントを受け取る、っていうか奪い取る。みかんは時間が経《た》ってまわりの氷がなくなって、皮がへちょへちょになっていた。ちょっと黒くもなっている。それらを受け取ってから、当然のように頭数にされているぼくに「行くぞ」とワルが命令してくる。ぼくは反抗せずに小さく頷《うなず》いた。

ぼくがなにを言おうと、ワルについていくことは変えられないとようやく悟る。ワルは流れなのだ。ぼくを動かす、大きな流れ。そういうものになれる人もきっと、いるのだ。

ぼくとワルは並んで教室を出て、廊下を歩く。ワルはいつものように、いつの間にかランドセルを背負っていないから身軽そうだ。後頭部に両手を添え、足を大げさにあげて歩いている。

「みかんと隕石《いんせき》なら、お前はどっちの方がいい？」

手の中で橙色《だいだいいろ》のみかんを転がしながら、ワルが尋《たず》ねてきた。

「ぼくはみかんも好きだけど」

「夢のねーやつ。胃の方が頭よりデッカイんじゃねーの、お前」

ワルが呆《あき》れ半分、からかい半分にそう言って笑い声をあげる。ワルはぼくがロマンを優先することを期待していたらしい。だけどぼくはあの森での体験や、そこにつきまとうメーオーセーオーという言葉にどこか不気味さを覚えていた。今にも隕石が自分へ落ちてくるように、ぼくのなにかがいきなり終わってしまいそうな、そんな不安が心の片隅《かたすみ》から消えない。

階段を降りて、下駄箱《げたばこ》で上履《うわば》きと靴《くつ》を履きかえる。そのとき気づいたけど、ワルは裸足《はだし》だった。踵《かかと》は赤くなって、足の指先も汚れている。毎日、めいっぱい歩いている人の足だ。

「ふっふっふ」

靴を履きながら、ワルがいかにも、この上機嫌の理由を聞いてくれって感じに笑う。ぼくは上履きを下駄箱にしまってから、聞かないと怒られそうな気がしたので口を開く。

「どうしたの？」

「ちょっとみかんとプリント持ってろ。……じゃーんっ」

ワルがぼくに椎野くんへ持っていくものを預けてから、ポケットを漁《あさ》って、その手いっぱいに載ったなにかを見せびらかしてくる。この前の夜に椎野くんが貰《もら》っていたチョコ菓子だった。全部、そのお菓子の袋だ。

「あのネーチャンへのプレゼントに、昨日から用意しておいたんだ」

「え、うん。いい、けどここではちょっと、」

当のワルより、ぼくの方がよっぽど慌《あわ》てて左右を見る。先生が通ったら大変だ。

「お前にはやらねーぞ。どうしてもって言うなら盗《と》り方を教えてやるよ」

「いらないって。ね、行こう」

お菓子を学校に持ってきているのが先生に見つかったら、職員室まで連れていかれてしまう。ぼくは靴《くつ》の踵《かかと》を踏《ふ》んだまま、ワルの肩をおして校舎の外へ出た。外でケンケンして、靴を履《は》く。

「お前、ホントビビリだなー。だーいじょぶだって、見つかったら逃げればいいんだし」

ワルが近所のオバサンみたいに手を縦に振って、『この子ったらねぇ』という感じにぼくを笑う。そりゃ、ワルは体力ありそうだから逃げれるかもしれないけど、ぼくは。

「体力、ないから」

「逃げるのに必要なのは体力じゃねーよ。道を知っているかどうかと、後は運だな」

ワルが自分の眼球を、瞼《まぶた》の上から指でおさえる。ぼくはそのワルの言い分が新鮮で、少し感心してしまう。口を半開きにしているぼくを面白《おもしろ》がるように、ワルはニヤリと笑う。

「お前も慣れたら分かるよ」

「……慣れたくないよ、そんなの」

「そうかぁ？　ま、お前はそっちの方がいいかもな、面白そうだし」

ワルがさっさかと早歩きで校門へ向かう。ぼくはそれを早歩きで追いかけて、隣《となり》に並ぶ。そのまま隣にいるのに、結構な速さで足を動かさないといけなかった。息がすぐあがりそうだ。

「ねぇっ」

息にあわせて、声も少し弾《はず》む。ワルがぼくに流し目を送る。

「うん？」

「前から、聞きたかったんだけど」

ワルの目を見たまま喋《しゃべ》れなくて、せかせかと動く足の爪先《つまさき》を目で追ってしまう。

「なんだよ」

「なんで、あの……ぼくと仲良く、っていうか、声をかけてきたっていうか、なんか」

舌が回らない。どう質問すればいいのか分からない。聞きたいことは分かっているのに、それをどう言えば正確に伝わるのかが思いつかない。顔がかーっと熱くなった。

校門を通って、右の道に曲がる。それからワルが、普段より落ち着いた声で話しかけてきた。

「つまり、オレがお前とこうしてるのはどうしてってことか？」

ワルのまとめは分かりやすかった。具体的ではないはずなのに、なにが言いたいか理解できる。国語の授業では人との喋《しゃべ》り方を勉強するわけじゃないってことを、思い知らされた。

「う、うん。それと、なんで声をかけてきた、っていうか、なんか」

「それは今聞いただろ。変なやつだな」

ワルに重複《ちょうふく》を指摘されて、ますます顔が熱っぽくなる。まともに顔を上げて歩けなかった。足もとにあった、コンクリのかけらみたいなものを照《て》れ隠《かく》しに蹴《け》ろうとしたら、外《はず》した。戻した足の踵《かかと》がこつんと、後ろの方にかけらを蹴ってしまう。よけいに恥ずかしくなった。

ワルは珍しく、長く悩んでいた。お菓子を全部ポケットにしまってから、うんうんと唸《うな》っている。ぼくは難しい質問をしてしまったのだろうか、と申し訳ない気持ちになる。

「あ、あの。無理しなくていいよ」

「うーん……なんだろな。なんていうか、ちょっと違う感じだったんだよな」

「違う？」

「お前って、他のやつとなんか違う空気があるんだよ」

ワルにそんなことを言いきられて、ぼくは萎縮《いしゅく》してしまう。違う空気？　それはぼくが他《ほか》の子よりお母さんに殴《なぐ》られたりしているから、そういうものがあるって言いたいのかな。ぼくは教室で、ワルと一緒に行動するようになるまで空気みたいなやつだったのに、どういうことだ？

「オレもよく分かんねーんだけどな、なんか『別のもの』みたいな。自動車用の信号と、横断歩道用の信号は違うだろ？　あんな風に、似ているけどちょっと違う感じなんだな」

　ワルの説明に、ぼくはどう反応すればいいのだろう。まったく身に覚えのないことだった。ぼくが普通じゃない、というのがそういう意味だ、って言われてもなんのことやらだ。

「そこに、お、なんだろーって興味を持った。ちょっと前にあっただろ、お前が給食の時間に教師に褒《ほ》められたこと。あのときまでお前のことなんかちっとも気づかなかったんだけどな、注意して見ると分かったんだ」

「……ふ、うん」

　相づちをいい加減に、形だけでもうつことができなくて中途半端な声が出てしまう。褒められているのか、けなされているのかもハッキリしないから、ぼくとしてはどうしようもない。ただ、ワルに誤解かなにかしらないけど、ぼくのどこかが認められている気がするのは、悪い気分じゃなかった。ワルの難しい顔が終わって、いつもみたいにお気楽そうに笑う。

「そういうのはなんか期待はずれだったけど、まぁいいじゃん。お前、けっこう面白《おもしろ》いし」

　次に言われたことも、周りから見たぼくのイメージにはまったく嚙《か》み合わない気がした。

「面白い？　どこが？」

「そうやって困っておどおどしてる顔が。これからもお前をどんどん困らせてやるよ」

　ワルの宣言に、ぼくは早速困ってしまう。そんなぼくの様子を、またワルは大笑いする。ぼくは顔の熱が一向に冷めないことを少しうとましく感じながら、だけどワルの笑い顔を見せつけられるとなんだか色々と許せる気分になっていることに気づいて、頬《ほお》と目の下がゆるんだ。

「それと今日の夜も公園に集合な。この前と同じ時間だ」

「また、あの隕石《いんせき》を見に行くの？」

「おう。メーオーセーオーってやつの謎《なぞ》はオレがとくぜ」

ワルが握《にぎ》り拳《こぶし》を振りあげていきごむ。森にいい思い出はないけど、ワルや椎野くんと一緒ならなんとか、ぼくの中で消えない思い出になりそうだった。

ぼくの苦笑いがとけないまま、椎野くんの家へ着く。あっという間だった気がする。時間が楽しさで縮まるなんて、ぼくにしては本当に珍しいことだった。最初で最後かもしれない。

そんなぼくの気分とは対照的に、椎野くんの家の周辺は静まりかえって、壁《かべ》にかかっている飾りが寂しさを一層強めていた。屋根にいた小鳥が空のどこかへ飛んでいく。

「おーい、シイノー。と、オネーサーン」

ワルが呼《よ》び鈴《りん》を鳴らす。お姉さんを呼ぶときの方が声は大きくて、思わず笑ってしまう。中からの反応はすぐにない。前は聞こえてきた足音も、今日は中で鳴らない。

「ネーチャンとか親が帰ってなくて、シイノだけなのかな？」

「かもしれない」

「おーい！　シーイーノー！」

ワルが二階の椎野くんの部屋に向かって呼びかける。でもしいの君じゃなくてついの君だから、他の家族の人がもしいても気づいてくれるかな。椎野くん本人も、しばらく待っても窓から顔を出したりしない。ワルが庭の小石を投げて二階の窓に当てたけど、物音はない。

どうやら、椎野くん一家は留守にしているみたいだ。みんなで出かけているのかな？

「なんだぁ？　みんないねーのかよ。菓子どうすんだよー」

ワルがごそごそとポケットに手を入れて、唇を尖《とが》らせる。ぼくはその間に、みかんとプリントを赤いポストの上に置いておくことにした。家族か椎野くん本人が帰ってきたら、みかんの色に気づいてくれるはずだ。下のプリントとあわせて、誰宛《だれあて》か分かってくれるだろう。

ワルが尖らせた唇もそのままに、ぼくの顔を覗《のぞ》きこんでくる。

「しゃーねー、お前にやる」

そう言ってポケットに入っていたお菓子を全部、ぼくに投げてきた。予告がなかったから慌《あわ》てて、いくつか地面に取りこぼしてしまう。それをしゃがんで拾ってから立ち上がると、ワルがポケットをまた漁《あさ》っていた。まだお菓子があるのかな、と思ったけどワルが取りだしたのは、もっと別のものだった。それは投げずに、ぼくに差し出してきた。

「これもやる」

「なにこれ？」

おそるおそる受け取ってから、視界をふるふると揺らす。瞳《ひとみ》が揺れているせいだろう。

ワルが差し出したのは、柄《つか》とさやが光沢《こうたく》のある木でできた、細長い刃物のようだった。

「ペーパーナイフ。アレだ、見せれば相手が少しはビビる。中、見てみろよ」

言われて、さやから刃を引っこ抜く。柄《つか》もあわせてシャープペンぐらいの長さのペーパーナイフが抜き身となり、その刃が光を反射する。ぺらっぺらの刃で、この間のお母さんが壁《かべ》を突き刺していたくだものナイフとは厚みに雲泥《うんでい》の差がある。紙も切れるか少し疑わしい。

そんなナイフを握《にぎ》りながら、ワルを見る。ワルは「いいか」と腕を組んで偉そうに言った。

「お前はケンカ弱いだろ？　だから勝つなんて無理だ、これで相手をちょっとでもビビらせたら、すぐ逃げろ。運がよければ、オレが見つかってお前は助かる」

ワルが自分の胸もとを親指で指して、唇の端を勝ち気に吊《つ》り上《あ》げる。ぼくは握りしめたナイフとワルの顔を交互に見比べて、そして様々な思いが自分にもあることを確かめてから、鼻をすすって大きく頷《うなず》いた。

「分かった。絶対、探すよ」

ぼくが力強く言うと、ワルは椎野くんの家の方を見上げながら、満足げに笑った。

「ホントはシイノのネーチャンの方を守りたいんだけどな」

そう言うワルの顔は爽《さわ》やかな下心に満ちていた。ぼくはもう笑うしかない。

「よし、じゃあ準備があるからオレは行くぞ。じゃーな！」

この前みたいにワルが走ってぼくと別れる。でも今日はその途中で振り返った。凄《すご》い速さでダンダンダンって足踏《あしぶ》みしながら、声を張り上げた。

「今日の夜だぞ！　遅刻するなよー！」

ワルが得意げに手を振って、まるで自分が時間厳守している子みたいに言ってくる。

「この前はぼくの方が早かったじゃないか」

「あー？　なんか言ったかー？」

耳に手を添えて、ワルがぼくにもう一度言えと態度で催促してくる。ぼくは少し唇をむずむずさせながら、両手を口の横につけて筒みたいにして、せいいっぱいの大声で言った。

「この前は、ぼくの方が早かった、じゃないかー！」

叫《さけ》んだ瞬間《しゅんかん》、ガーッと向かい風に襲《おそ》われるような感覚が、ぼくの肌を伝った。血液がざぁっと移動する感触だ。赤い粒々がぼくの前面から背面へ一気に逃げていく。そしてその通り道が、ガーッと遅れて熱くなっていった。ぐわんぐわんって、耳鳴りがする。

ワルもぼくの大声に最初は目を丸くしていたけど、すぐに受け入れて叫び返す。

「あれー、そうだったかー！　まー、今日もそうとは限らねーだろ！」

「きっと、そうだよー！」

「じゃーオレ、今から公園行くぞー！」

「待ち合わせ時間の意味、ないじゃないかー！」

叫び合って、ぼくらは手を振って別れた。夕暮れにはまだ遠い、昼下がりを分けあって。

ぼくはきっと初めてだろうけど、ワルみたいに走って家を目指した。今ならどれだけ走って疲れても、少し寝転《ねころ》べばすぐに元気になれそうだった。そして道で何度転んでも、立ち上がることができそうだった。足は軽く、ぼくは月を走るように道を思いっきり蹴《け》った。

いつもぼくより先を歩いていく、二匹の犬の散歩をしているおじさんや他の小学生を追い抜いて、一等賞を目指すみたいにぼくは走った。歩いているとどこにもないように思えた風がぼくの側《そば》をバンバンと通過していくのが、たまらなく気持ちよかった。

最後まで走りきって、家の前に着く。そこで一回止まる。膝《ひざ》に手をついて、舌を出す。あがった息に、肩がぜーはーぜーはーあがるのが気持ちいい。

静かな家の全体図を見渡しながら、ぼくは扉の内側を想像する。家に入ったらぼくはまたお母さんに殴《なぐ》られて、もっとたくさんのガーゼやばんそうこうを顔にはることになる。勿論《もちろん》、夜にまた外出することなんて言えるわけないから、ぼくは二階の窓から出ていくしかない。

それでも、今のぼくはそれらすべてを少しだけ、『がんばろう』という気持ちで迎えられそうな気がした。そのがんばろうは痛みに耐えることだけじゃなくて、楽しいこともがんばろうという意味があって、それはぼくの中で初めて、俯《うつむ》かない気持ちなのだと感じる。

そんな将来を思いながら、大またで走って、玄関の扉へ飛びついた。

そして「ただいま」なんて勢いよく言って家に入ってみる。バタンと扉を閉じる。

両親が二人とも廊下にぶったおされていた。

「……は？」

一歩、足が前に出る。そのままほとんど転《ころ》んで、タタキに膝《ひざ》をつく。

ワルからもらって、握《にぎ》りしめたままだったお菓子袋をぽろぽろと落とす。それにつられて顔の半分ぐらいが、ボロって落ちてしまいそうに肌が酷《ひど》く乾いた。

メーオーセーオー、と外を歩く小学生の集団が叫《さけ》んでいるのが聞こえてくる。

ぼくは思わずワルの姿を、家の中に探してしまった。

♇

「……で、一応聞くけど酔ってない？」

「大丈夫。これぐらいで酔うことはめったにないから。それと両手をあげてくれる？」

はいはい。

「お強いことで。じゃあ、これはどういうこと？」

両手をあげたまま、喉《のど》もとのナイフと女の手に尋《たず》ねる。危機感は覚えない。服の内側に隠《かく》してある拳銃《けんじゅう》も盗《と》られていないし、まぁ大丈夫だろう。

「あなたが冥王星《めいおうせい》Oだからよ」

「あらー……そっちの素性《すじょう》も筒抜けと」

この女も【彼ら】に関与しているわけだ。【彼ら】に関《かか》わっていない人間がその名前について知ることはできないようになっている。万が一調べれば、利用価値がない限りは人間社会から消される。それを手伝うのも、冥王星Oである俺の仕事だ。いや、だった？

俺《おれ》は本当に今、冥王星《めいおうせい》Oなんだろうか。もし違うなら、こうやって命を狙《ねら》われることは理不尽だ。誰《だれ》に文句を言えばいいんだろう。【窓をつくる男】に言っても無視だろうし。

「そういえばさ。怖い顔したオバサンもあんたたちの仲間？」

「だれそれ？　……知らないわ、仲間なんてものがいるかも分からないの」

意外な返事だった。でも、あんたたちって複数形を使ってもそこは否定しないわけだから、他《ほか》にもだれかいるわけか。……そうかそうか。

「なぁ、【空を歩く男】に協力してもらって、一緒に空とか歩いてみたことある？」

そんな発言を口にして、カマをかけてみた。今の俺に絡《から》んでくるやつらといえば、まずこの名前が関係しているだろう。違ったらそれはそれで構わない、と考えていた。

「なにそれ。漫画《まんが》のキャラクター？」

「今、その名前を聞いて手が反応してたけど？」

更《さら》にカマを重ねる。実際は首もとにある手が動いているかなんて分かりはしなかった。だけどそこで女が俺《おれ》の発言に対応して返事をせずに、喉《のど》に添えたナイフを強く構え直したことで確信を持つ。この女の背後には、どういう関係か定かじゃないが【空を歩く男】がいる。

「できれば殺したくないわ」

「部屋が汚れるから？」

俺の返事に、女がクッと軽く笑う。それと連動して、ナイフが上下に少し動いた。怖い怖い。

「そう、床や壁《かべ》のお掃除が大変なの。だから大人しくこの街から離《はな》れてくれる？」

そもそも、こっちはここがどこの街かもハッキリしていないんだけど。

「別に長く居すわる気はなかったよ。いつまでいていいかって聞いたじゃないか」

「それじゃあ今日までね。サービスで窓から突き落としてあげましょうか？」

俺は苦笑して、無言で肩を揺らす。俺だけが勝手にそう感じているんだろうけど、まだアパートの室内は穏《おだ》やかな空気に満たされている。このナイフも、じゃれあいとして首もとに突きつけられているだけに思えた。女の方はそんな俺の態度が気にいらないのか、息が荒くなる。

「酒くさい息だな」

首の後ろや髪にかかる息に文句を言う。

「そりゃあお酒を飲みましたから。君も飲めば気にならなくなるわ」

「ニンニクみたいだ。で、そっちの要求に返事する前に一つ聞いていい？」

「どうぞ」

「いつから俺を知ってた？」

「えっ？　いつからって……どういう意味で聞いてるの？」

女が困ったような声を出す。そんなに難しい質問だったかな、と疑問に思いつつも助け船を出してみる。こんな状況で俺《おれ》が気を遣《つか》うのも変な話だが。

「先週の明け方あたりから、俺をつけ回してたとか？　街で出会ったのはわざと？　そういう意味で質問したんだけど」

「ああ、それね……そういうことになるわ」

予想どおりの返事に、しかし落ちこむ。フリなのか本気なのか、自分でも判別つかない。

「それは残念。出会いって偶然《ぐうぜん》だから尊《とうと》いのにな」

「本当は、君ともう少し一緒に暮らしていたかったの。私も残念だわ」

「じゃあ、ナイフを引っこめたら？　そうすれば俺たちは元どおりの関係だ」

その言葉に女がためらったように少しの間、動きを停止する。だけどすぐに否定した。

「私にもできること、できないことがあるわ」

「晩ご飯も俺が作るよ」

「ごめん、このナイフさっさと引いていい？」

二人で軽く笑う。それが潮《しお》のように引いてから、俺は諭《さと》すように言った。

「無理しない方がいいよ。こういうこと、慣れてないんだからさ」

「そんなこともないわ。涼しい顔のハッタリはよしてくれる？」

「だってナイフの刃が逆だよ。俺の首に向けないでどうすんの」

「……っ！」

確認のために一瞬《いっしゅん》、ナイフが首もとから距離《きょり》を取ったのを見逃さなかった。あげていた右手で女の細い手首を摑《つか》み、まずは握《にぎ》りつぶす。女の悲鳴があがってから、折れてもいいや、と思いっきり腕をひねった。女が宙を舞《ま》う。そして受け身も取らせず、背中から床にたたきつけた。やっていることは座りながらの一本背負いに近い。下の階の人が、大家さんに苦情を言ってもおかしくない衝撃《しょうげき》と濁音《だくおん》が、室内に響《ひび》いた。女は夏場の道路でのびたカエルのように倒れる。

「嘘《うそ》でした。ナイフの握り具合とかで分からないかな、なんとなく」

「う、うぇっ、えぇぇっ」

ナイフを床に落とし、ひねった手首や肘《ひじ》を押さえて女がうめく。口もとも歯ぐきを剝《む》き出しにして必死に食いしばっていた。ひょっとすると、吐きそうなのかもしれない。酔っぱらいに、遊園地のアトラクションみたいな動きをさせてしまったことに少し罪悪感が芽生える。

「トイレか洗面所に行く？」

女がこくこく、と小刻みに顎《あご》を引いた。今《いま》し方《がた》、なにがあったのかお互いに忘れたようなやり取りに苦笑してしまう。それでも女をお姫様抱っこの形でかついで、洗面所に連れていった。洗面所に飲みこまれるような前傾姿勢で、派手に吐瀉物《としゃぶつ》をまき散らす女の背中を撫《な》で続ける。女は両の目から涙を流していたが、その体液に含まれる感情がなんであるかは、当人にしか分からない。

あらかた吐き終えて、女がその場に膝《ひざ》をつく。俺は側《そば》にしゃがんで、女がなにか言ってくるのを待つ。この女に聞かなければいけないことは山ほどありそうなのに、どれも俺《おれ》の中で体《たい》を成《な》さない。女が顔を上げるまでに思いついた質問は、一つだけだった。

口もとを手の付け根でゴシゴシ拭《ぬぐ》ってから、女が吐き捨てるように命令してくる。

「出てって」

「出ていくとも」

頷《うなず》いて、受け入れる。「でも」と続きはあるけれど。

「その前に、あんたが守ろうとしているやつに会わせてくれ。そいつ……多分だけど、【空を歩く男】に会ってみたい」

俺を横目で睨《にら》んでいた女の目が見開かれる。そこまで意外な提案だっただろうか。自分を狙《ねら》うやつに会わせろという要求は自然な気がする。いや、普通なら殺されそうだから会わずに逃げるのか？　しかし、それは人間社会の考えだ。『彼ら』に逃げることはめったに通用しない。

女は下唇を噛《か》みしめて、返事はない。俺は少し待つことにした。拒否すれば、強硬手段に訴える気でいる。まどろんでいたのを起こしたのはこの女なのだから、文句は言わせない。

やがてなにか一つの葛藤《かっとう》が内側で終わったように、女が力なく頷いた。

「いいわよ、教える」

「あれ、いいの？」

尋問《じんもん》の手間がはぶけてホッとする。女子供を痛めつけるのは苦手だ、男より声が甲高《かんだか》いから。

「そもそも本当は、君を連れてきてくれって言われていたのよ」

ナイフを突きつけられるよりも効果的に、俺の呼吸が止まった。まばたきしてから、むせ気味に深呼吸を二度おこなう。【空を歩く男】が俺を呼んでいる？　まさか引き抜きってわけじゃないだろうし、目的に見当もつかない。ただそういう怯《おび》えに似た困惑は、表には出さないよう務めた。

「それは好都合。【空を歩く男】はどこにいる？」

女はまだ渋るように目をそらしたが、そのままぼそぼそと唇を動かした。

「黒岩《くろいわ》っていうビルの最上階。知ってる？」

「大丈夫、先週行ったばかりだ」

だからそこを指定してきた可能性もあるが。この女を俺にあてがってくるってことは、こっちの行動は把握《はあく》されているだろうし。

「行くと多分、君は殺されるわ」

「まぁそうだろうな。でもその前に、少しは話でも聞かせてくれると期待したい」

連れてこいと命令するぐらいだ。そして俺の疑問が解消されたなら、その後に殺されてもいい。元々、この身体《からだ》は利用されてばかりだ。『俺』と『身体』には確かな距離《きょり》がある。最後は俺がこの身体を利用してもいいだろう。

今の俺は納得を優先する。だから【窓をつくる男】に逆らって、【空を歩く男】を探したのだと思う。

洗面所から出てタタキで三日ぶりに靴《くつ》を履《は》きながら、俺《おれ》はふと思い出したことを女に尋《たず》ねる。

洗面所にいる女に声が届くかは怪しかったけど、少し大きな声を出した。

「最後に一つ。どうして【空を歩く男】の指示に逆らって、俺を逃がそうとした？」

女の息を呑《の》む気配が伝わってきた。くるり、とゆっくり振り向いてみる。女は廊下にいない。だけどその酒くさい息づかいが、俺の耳もとで感じられるようだった。今は少し乱れている。

「行きなさい、早く」

女がピシャリと言い放つ。俺はその鋭《するど》い声に肩をすくめて、見送りのないことに残念と呟《つぶや》きながら、前へ歩きだす。

【顔のない女】に小言《こごと》を言われたとき、そして【窓をつくる男】に説教されるときと同じものが湧《わ》きあがる。兄や姉みたいな人にしかられるっていうのは、こういうこそばゆさを感じるものなのかもしれない。

これから殺されるかもしれない俺は、しかしそういう感覚が嬉《うれ》しくてたまらなかった。


「あのときの少年か。なるほど、自分で言うとおり運は悪いようだな」

閉めた扉が開いていないはずなのに、ぼくの背後から声がかかった。足がもつれてタタキの上で転《ころ》びながら、転がるようにして後ろを向く。はためくマントが、じらすようにぼくの目を覆《おお》って相手の顔を隠《かく》していた。だけどその声と雰囲気《ふんいき》に、ぼくは夜の森を思い出す。

ぼくの歩いてきた道や背景すべてが住宅地から森と変わるように、空気がざわついた。

マントという遮《さえぎ》りが失われる。銀色の仮面と青色の瞳《ひとみ》が、ぼくを冷たく見下ろしていた。

「しかし思うのだが、運が悪いというのはなんだ？　他の人間たちの行動が、自分にとってマイナスに働いていくことか？　だとするなら、プラスになる場所や時期が必ず存在することになる。人間の信じる風水とは、そういうもので成り立っているのか」

だれかの、ぼくの家族の、血がぽたぽたと垂《た》れた短剣を握《にぎ》ったマントの人が言う。自分自身に語りかけるような喋《しゃべ》り方だった。ぼくは口を開くけど、声が出ない。のどの奥が凍っていた。

「だとするなら君は、私にとっても『運の悪い生き物』として機能しているかもしれない」

マントの人がなにを言っているのか、さっぱり理解できない。そもそもマントの人がどうしてぼくの家にいて、お父さんたちを血まみれにしたのかも分からない。腰がぬけたまま、ぼくはがさがさと後ずさる。タタキと廊下の段差で腰を打って、そこで後退が止まった。

「ヒッ！」

声の裏返った悲鳴が漏《も》れる。背中にべたぁっとなにかがくっついたせいで。こわごわ振り向くと、それはお母さんの流した血だった。ぼくのシャツがまた汚れてしまう。

「彼らにトドメを刺す直前、君がこうして帰ってきた。これも『運』なのか？　そしてその運は悪いのか、よい方向に働くのか、どちらだ？」

マントの人がまたなにか、投げかけるように呟《つぶや》く。だけどぼくはそんなの聞いていられなかった。ぼくは怖かっただけで、ほかになにもない。勇気だってないし、ワルも隣《となり》にいない。ぼくにできることは目の前になくて、行ける場所は後ろだけしか残っていなかった。

だからぼくは逃げた。お父さんとお母さんを乗り越えるようにして、家の中へ逃げた。手のひらにべったりとついた血が滑《すべ》って、転《ころ》んで顎《あご》を打ちそうになりながらも前へ進む。膝《ひざ》をだんだんと床に打ちつけながら、よつんばいのぼくは必死に逃げた。マントの人は走って追いかけてくることもなく、立ったまま、あわれむようにぼくを見つめている。

その視線に突き刺されて、ぼくには予感が芽生えた。とても確信に近く、最悪に等しいこと。今夜のワルとの待ち合わせを、守れないという予感だった。

♇

俺《おれ》が盗んで走った原チャリは、当然ながらもう事故現場には倒れていなかった。何日も前の話だしな。あのとき、俺とオバサンが轢《ひ》きそうになった小学生もいない、と思う。今も下校中の黄色い帽子の集団が横断歩道をけたたましく渡っているけど、背丈以外の見分けがつかない。

黒岩《くろいわ》ビルがある、街の中心道に来ていた。女のアパートは繁華街《はんかがい》から少し外《はず》れた場所にあり、俺たちが出会ったところから遠くなかった。この街に、【空を歩く男】がいるらしい。隕石騒動《いんせきそうどう》を起こした森の側《そば》に住んでいるわけで、度胸のあるやつだ。

歩いている間に日差しは少し傾いて、光の色が変わる。まだ斜陽というわけではないが、黄色が増していた。見上げていても、太陽が目にあまり痛くない。好きな時間帯だった。

横断歩道を歩いていた小学生のほとんどが、赤信号に変わる寸前までだらだらと歩いている。青信号が点滅しだして、慌《あわ》てて走って道路を渡っていた。赤信号になってもまだ平気な顔で歩いているやつまでいる。【顔のない女】だったら、そういう子供にどんな小言《こごと》をこぼすのだろう。

などと想像しながら見守っていたら、小学生が本当に轢かれそうになっていた。真っ赤なスポーツカーがほとんど信号を無視するように道路を駆《か》けて、ついでに小学生もその車体に引っかけそうになっていた。運転手は日本人離《ばな》れした印象の、長身の男でその不機嫌そうな顔からは、まるで敢《あ》えて小学生を轢いてやろうかという気概《きがい》が伝わってきた。怖いやつもいたものだ。

黒岩ビルの中に会社員風の男が入っていく。側にある弁当屋のシャッターが下ろされる。OL風の二人組が談笑しながら歩き、自転車に二人乗りした学生風のカップルが滑走していく。

そういった街の風景にまぎれるように、俺はめだつ行動を控えて黒岩ビルに近づいた。

街中で、またあのオバサンにでも追いかけ回されるかと心配だったが、杞憂《きゆう》に終わったようだ。それとも、ビルの中で俺を待ち伏せしているのかもしれない。【空を歩く男】と対面する前に始末されるわけにはいかないから、覚悟はしていこう。始末という可能性では、【窓をつくる男】も注意する必要があるのだが……ムダだろうな、あの能力の前では。

【窓をつくる男】は今、なにをしているのだろう。なにを考えているのだろう。事務所の側《そば》で別れて以来、一度も俺の前に姿を現していない。なにかに巻きこまれたか、それともあいつにも仕事があるのか。もう慣れたけれど、知らないことがどんどんと増えていく。

その中の一つでも、今から向かうビルの屋上で解消されるといいな。

黒岩《くろいわ》ビルに入る直前、空を仰《あお》ぎ見る。【空を歩く男】も、【窓をつくる男】もそこにはいない。あるのは五月にしては少し薄《うす》らぼけたような、ぼんやりした晴れだった。からりとしていなくて、眠気を誘われる天気だ。いつまでも見上げているとまた瞼《まぶた》が重くなりそうだから、ビルに入る。

ビルの入り口の左手には、この間みたいに警備《けいび》員《いん》がいた。俺《おれ》の顔は覚えられているだろうか。不安ではあったがそ知らぬ顔で前を横切ってみる。止められたら、殴《なぐ》ろうと考えた。

俺と警備員、両方に幸いだったがなにか言われたり、肩を摑《つか》んだりされることはなかった。

俺はそのまま歩いて、エレベーターと自販機の前へ到着する。今回は非常階段を使わなくてもいいだろう、とエレベーターの△ボタンを親指で押した。なんとなく、三回押す。

緊張しているようで、無意味なことでも身体《からだ》を動かしていないと落ち着かない。エレベーターが来るまでの時間がもどかしい。爪先《つまさき》がコツコツと床を蹴《け》った。その俺《おれ》のいらだちに慌《あわ》てたように、エレベーターがぎこちなく一階へ降りてきた。無人のエレベーターに乗りこんで、最上階のボタンを押す。扉が閉じる間際《まぎわ》、警備員がこちらを横目で見ていたので笑顔で手を振った。それはこれから俺を待ち受けているものに対する強がりのつもりだったけど、警備員は軽く無視して目をそらした。手を下ろして、動きだしたエレベーターの壁《かべ》に側頭部をくっつける。

ぐらぐらとした振動が、半開きの口の奥歯にまで届く。がたんがたんと揺れるのにあわせて頭をフラフラさせていると、自分が荷物みたいに思えてくる。血の通っていないものが、最上階へと運ばれていく。運んでいるやつはだれだ？　その言葉のとおりに、運命なのか？

止まって他《ほか》の誰《だれ》かが乗りこんでくることなく、最上階に到着する。廊下に出て左右を見渡すと、人影《ひとかげ》が普通に動いていた。壁にかかっている案内のプレートを調べると、ここから屋上へ向かうには、非常階段の方から行くしかないようだった。ビルに入っている会社の人たちとすれ違いながら、誰も廊下にいないときを見計らって非常階段の扉の隙間《すきま》へ身を滑《すべ》りませる。

非常階段の踊り場であのオバサンが拳銃《けんじゅう》を構えている姿を想像していたが、埃《ほこり》が少し舞《ま》う薄暗い空間は静寂で、耳鳴りがするほどだった。誰もいない。今日、ここへ入ったのは俺だけのように。【空を歩く男】はやはり、空を歩いてビルの屋上へやって来たんだろうか。

確かに空を自由に歩けるのなら、階段を使うなんてバカらしいかもしれない。だけど俺は人間だから、歩いていくしかないのだ。その効率の差が人間と【彼ら】の違いの象徴的なものかもしれないが、しかし歩けるということが人間の美徳でもあるのだ。

余分な振る舞い、余分な感情。【彼ら】が生き物として優れているがゆえに地に捨てたものを、人間は拾って大事に育てている。そういうものを否定できるほど、俺《おれ》は【彼ら】じゃない。

螺旋《らせん》状の非常階段をのぼっていく。かつん、かつんと響《ひび》く足音や気配は屋上で待つ、【空を歩く男】に届いているだろうか。拳銃《けんじゅう》を最初から取りだしていこうか迷い、結局止《や》めた。

相手がどうあれ、俺は話し合いに来たつもりだ。武器は相手からの攻撃《こうげき》が確認されるまで出さないでいこう。もっとも攻撃なんて確認していたら、そのときには死んでいることもあるが。

屋上へ続く扉の前に立つ。安っぽい金属製の扉とドアノブは触れると、錆《さび》がボロボロとこぼれる。先日より重く感じられる扉を、強く押した。

待ち構えていたのは、風と光だった。

川の洪水のような音を立てて、屋上の壁《かべ》に擦《こす》れていく風の流れ。向かい風となるそれが運ぶ粒のようなものが顔を掠《かす》めて、目に入らないようにとしかめる。一際《ひときわ》強く吹いた風から顔を守るように、眼前に手をかざした。遮《さえぎ》りの向こう側で、誰《だれ》かの笑い声が聞こえてくる。

風にのってきたそれは子供の声のように甲高《かんだか》い。

風が屋上よりいなくなってから、目をそろそろと開けて、手を下ろす。

中途半端に閉じていた屋上の扉が風でバタンと閉まる音とともに、前方を睨《にら》む。

そこには光があった。午後の気《け》だるい光を身にまとった、人型の光だ。

屋上にあるのは、車いす。室外用には見えない木製の車いすに腰かけている少年ぐらいの体格の男が、フェンスの側《そば》にいた。座りこんでいる、恐らく少年の顔は逆光で見えない。パジャマのような服を着た少年が屋上で車いすに座っている姿は、入院中の子供が散歩しているような風景だった。同時に光をまとう少年は、一種の神々《こうごう》しさにも溢《あふ》れている。

集まった光が、少年と車いすをかたどっているように実体がおぼろげになっている。

車いすに乗った少年が振り返る。光に滲《にじ》んだ顔が次第に克明となって、俺の目に映る。この国では見慣れない赤銅色《しゃくどういろ》の髪や、はかなげな緑の瞳《ひとみ》がその幻想的な雰囲気《ふんいき》を更《さら》に高めていた。

少年の顔が、仮面を取り外したように露《あら》わになる。俺を見つめる静かな微笑《ほほえ》みは、品がよく、しかしわずかに嘲笑《ちょうしょう》がまじっているように感じる。その人当たりのよさと同居した特有の笑い方は、強く【彼ら】を連想させた。俺の知る【彼ら】に、とてもよく似ているのだ。

そして少年は端整《たんせい》な顔つきや唇を歪《ゆが》めて開口一番、俺に言った。

「こんにちは、【空を歩く男】です。初めまして、冥王星《めいおうせい》Oさん」

『四章』

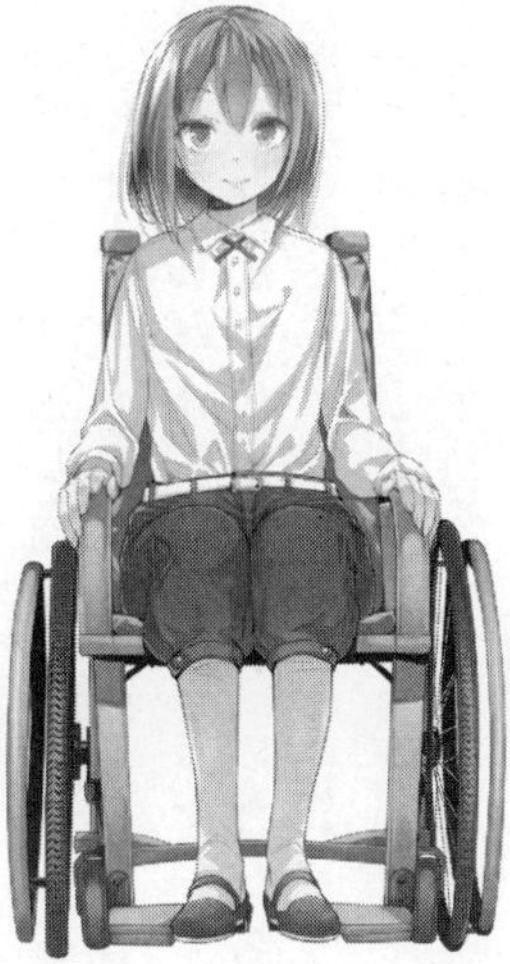

♇

ぼくが逃げることで誰《だれ》が得をするんだろう。玄関から離《はな》れていって、とても逃げきれそうにないぼく自身も、今とても大きなマイナスへ向かっているようにしか思えない。

マントの人からも、お父さんやお母さんからも逃げて廊下をよつんばいに進んだぼくは、お父さんの使っている書斎へ飛びこむ。ぼくは自分の部屋と台所以外に入るとお母さんに殴《なぐ》られるから、その部屋を覗《のぞ》くことさえ初めてだった。中からはカビのような匂《にお》いがした。

畳がしかれた部屋の真ん中まで、よつんばいで移動する。打ちつけ続けた膝《ひざ》がそこで痛みの限界に達して、ぼくはごろんと背中から寝転《ねころ》がる。すぐに身体《からだ》を起こして、座ったままの姿勢で後ずさった。書斎と廊下の間の扉を閉じてこなかったことを、後悔する。

背中を椅子《いす》にぶつけたことで後ずさりは止まって、ぼくは震《ふる》える。部屋は中途半端な光が入ってきて、薄暗《うすぐら》い緑色になっている。ぼくが感じる温度はまさにその色合いのようだった。外はとても暖かいだろうに、この部屋だけが寒い。いや、部屋が寒いんじゃなくてぼくだけが寒いのだろうか。奥歯のガチガチとぶつかる音が酷くなって、口の中に血の味が広がる。

普段、お母さんに殴られて蹴《け》られて、自分の血を見なかったわけじゃない。なのにどうして、他の人の血が流れるとこんなに怖いんだ。次にぼくもああなるから？　いや、違う。

お父さんとお母さんはぼくにとって、形が違っても絶対的なものだった。それがああやって身動きもできなくなってくずれているのが、ぼくは恐ろしくて仕方ないのだ。

　自分の内側が切られて、どばっと血が流れてしまったようだから。

「断っておくが、あの二人に私怨《しえん》があったわけじゃない」

　いきなり、マントの人が壁《かべ》から生えてきた。正確には、あの夜のように窓の落書きから出てくる。ぼくは飛《と》び跳《は》ねて、震える手足では満足に着地もできずに畳の上へくずれる。

うぇ、えぐっ、と自分の泣き声めいたものが、畳と耳の間に流れていた。

「逆にあの二人も、私を恨んでいたわけではないだろう。これは仕事だからだ」

「ひ、ぃっ」

　マントの人の話なんか聞かないで、ぼくは畳に指を食いこませて身体を前へ動かす。ずるずると、足の動かない人が腕だけで進もうとしているみたいだった。ぐるぐると回って混乱する頭の中で、椎野くんのことを思い出す。だけどすぐに振り向いて、その顔は頭から消えた。

　マントの人は壁際《かべぎわ》で立ったまま、ぼくを見下ろしている。あの人には窓がある。ぼくをすぐに追いかける必要なんかない。だからどこへ逃げても、あっという間に先回りされる。

　書斎からまた廊下まで出て、足が少し動くようになった。中腰になって、今にも前へ倒れそうになりながら走る。息は椎野くんの家から走ってきたときよりずっとあがって、目玉がぐるんぐるんと縦に回っているように気持ち悪くなってきていた。それでも必死に、ぼくは逃げることにすがる。逃げた先に、ワルがいると、信じて。

普段なら絶対に許されないけど廊下を走って、玄関前に戻る。するとマントの人が、倒れているお母さんたちの側《そば》に立って、ぼくを待ち構えていた。その手には相変わらず、あの短剣がある。

ぼくは廊下のその場でへたりこんで、吐いた。頭の後ろから中身が垂《た》れ流れているみたいだった。べちゃべちゃ、とカレーと豆腐と胃液のまざった黄色いものが床を汚す。

ぼくが吐いている間に、マントの人が歩いて近づいてくる。ぼくを、殺すつもりなのか。

ゲロゲロと吐きながら、ぼんやりとなった風景の中でマントがはためくのを見る。お母さんに殺されるとばかり思っていたぼくの最後は、人生の意味とか難しいことみたいに、よく分からない形で迎えてしまうのだろうか。

全部吐き終わったら、ほんの少しだけスッキリした。ぼくの胸の中をいっぱいに埋めていた絶望とか恐怖も、顎《あご》をあげることができるぐらいには外へ流れた。

逃げることは、限界だ。どうしようもない。

マントの人から逃げてワルを探すことは、できそうになかった。なにしろぼくは運が悪い。

「今回は森のときと違って、諦《あきら》めが少し遅かったな」

逃げられない、ワルを探せない。

……だったら自分で、たたかうしかない。

だけどぼくじゃケンカには勝てない。ぼくじゃ無理だ、ぼくのままじゃダメだ。じゃあどうすればいい？　簡単だ、ぼくでなければいい。ぼくの思い描くヒーローとなればいい。

両親の呻《うめ》き声が聞こえてきて、それがぼくの中でなにかを弾《はじ》けさせる。生きているんだ。二人とも、まだ。誰《だれ》かがマントの人をなんとかすれば、助かるかもしれないんだ。

「しかし、私が一切手を出していない君が一番、顔に怪我《けが》を負っているように見えるが」

マントの人がぼくの前でかがんで、顔を覗《のぞ》く。ぼくは震《ふる》えそうになりながらもその仮面を見つめ返して、ポケットを漁《あさ》る。ハンカチも持っていないぼくはそれをすぐに見つける。

「君からはいいヒントを貰《もら》った。感謝《かんしゃ》しよう」

ぼくは、おれだ。ワルになる。おれだ、おれなんだ。ぼくじゃない。

『おれ』になるんだ。

「おれの、」

「ん？」

言葉の途中だったけど、先に手が動いた。

ポケットの中で握《にぎ》りしめていたペーパーナイフを横に振って、さやを床に吹っ飛ばし、抜き身となったそれを相手の顔めがけて思いっきり振り上げる。意識しての暴力は、これが初めてだった。

怖くなると同時になにかが吹っ切れたように、どうだ！　という気持ちも湧《わ》きあがっている。

舞《ま》い上がるような軌道で振られたペーパーナイフはマントの人の頬《ほお》に縦長の切り傷を作り、刃の先端が引っかかって仮面をわずかにずらした。ピピッと、傷から勢いよく飛んだ血が家の壁《かべ》のどこかにぶつかる音がした。

とっさに身体《からだ》を引いてナイフをかわそうとしたマントの人は、自分の傷つけられた頬を手で覆《おお》いながら、妙に嬉《うれ》しそうに口もとを緩《ゆる》ませる。楽しそうより、嬉《うれ》しそうな笑い方だった。

「おれの親から離《はな》れろ！　ぶったおしてやる！」

ペーパーナイフを正面に構えて、おれは吠《ほ》える。夜、狂ったように吠えていた犬のように。

歯と歯ぐきを剝《む》き出しにして、マントの人から逃げない。

指先で傷跡をなでていたマントの人が、その傷に浮かんだ血液の玉を指で弾《はじ》いて、口を開く。

そのつややかな唇から漏《も》れる言葉は冷凍庫を開いたときのように、冷気に満ちていた。

「君の親などここにはいない」

「……えっ？」

凍りつく。特に、頭の後ろと鎖骨《さこつ》の下が。がちがち、と重く、硬くなる。

構えていたペーパーナイフの刃がぐにゃぐにゃと、海草のように歪《ゆが》んだ気がした。

マントの人は振り向いてお母さんを一瞥《いちべつ》し、それからすぐにぼくの方を見やった。

「この女は君の本当の母親ではない。勿論《もちろん》、そちらに倒れている男も父親ではない」

は？

「正確に言えば、君はこの家の子供でもない。単なる身代わりだ」

がこんがこんがこ、と自販機の中をジュースの転《ころ》がる音がした。耳から入りこんでぼくの頭や首の中を転がるそれが、何度も、何度も跳《は》ねる。ナイフを構える手が、ずるずると落ちていく。

「やはりなにも知らされていなかったようだな、当然か」

喉《のど》の奥がけいれんしているぼくを憐《あわ》れむようにまた、マントの人が見下ろす。

それから指で傷跡に浮かんだ血を拭《ふ》いて、それを舌先で舐《な》めた。

「私に傷をつけた君に敬意を表する。ここにいる人間を一人ずつ、明らかにしていこう」

まずは私から、とマントの人は前置きして、そして。

今日一日、散々《さんざん》聞かされたその呪文《じゅもん》めいた言葉を、口にした。

「私の名前は冥王星《めいおうせい》O。もっともこの名は、今日限りで譲《ゆず》ってしまうがね」

♇

「なんてね」

【空を歩く男】を自称した少年が相好《そうごう》を崩《くず》して、おどけるように肩をすくめる。それから腹を抱《かか》えるようにして笑い出し、俺《おれ》を置いてきぼりにする。相手が笑っているのに無表情で突っ立っているのは面白《おもしろ》くないのだが、なにをすればいいか思いつかない。

屋上の風が途中まで生暖《なまあたた》かかったのに、吹き抜けるときには肌寒さを与えてくる。降《ふ》り注《そそ》いでいるはずの光の熱はすべて目の前の少年が奪《うば》っているように、俺《おれ》の体温を上げることはない。目の前がチカチカとまたたいて、酸欠でも起こしたようにクラクラと、頭が不安定になる。

一通り笑い終わって、少年が落ち着いたのを見計らって俺から話を進める。俺たちの間には多少の距離《きょり》があり、声を大にすることもないけれど、屋上を行き交う風がうまくお互いの言葉を運んでくれるようだった。右手は額《ひたい》に当てて、妙にふらつく頭の支《ささ》えとした。

「あんたが【空を歩く男】だって?」

「そうそう、僕だよ。ビックリしたかい?」

おどけた態度で少年は肯定する。明らかに年下の子供にそういう小馬鹿《こばか》にした仕草《しぐさ》を取られると、さすがに内心、穏《おだ》やかではなかった。だけど、そういった態度から納得できることもある。この少年は【彼ら】だ。俺個人というより、人間そのものを見下している。【空を歩く男】を名乗るなら、こいつが本当にそうなんだと俺は確信する。

「なんて言う僕が一番ビックリしているんだけどね。君がいまさら現れたことに驚《おどろ》いたよ」

「いまさら?」

「いや、こういうときには他《ほか》にもっと、感動する言い方があるはずだよね」

俺の疑問を無視して、少年が顎《あご》に手を添える。そのままゆっくりと空や屋上のフェンスに視線を巡らして、俺が苛立《いらだ》つのをあおるように、馬鹿みたいに長い時間を経《た》たせた。

やがて少年は目線を俺へと戻して、「うん」と顎《あご》を引く。なにかを勿体《もったい》ぶるようにしてから、その思いついたらしき言葉を、思わせぶりに語った。

その言葉は目に飛びこむ幾重《いくえ》もの光のように、俺へと突き刺さる。

「久しぶり。まだ生きていたとは思わなかったな」

「あぁ？　久しぶり？」

少年の顔をマジマジと見つめる。見つめあっているとその目玉の緑色が、俺の内部にまで侵食してきそうだった。カビや苔《こけ》が生えてくるように、俺を緑が支配していく。

「といっても、こっちは先週、森で顔ぐらいは見たけどね」

「森……隕石騒動《いんせきそうどう》か。あのときに石を落としてきたのは、お前だったんだな」

そう確認を取ると、少年はなぜか目を丸くした。俺からすれば、どうしてそんな顔をするかの方が不思議だ。まさか身に覚えがない、ってわけじゃないだろう。濡《ぬ》れ衣《ぎぬ》と訴えてきたら、さすがに笑うつもりだった。あれが地球にいる、【空を歩く男】以外のだれの仕業《しわざ》というのか。

少年は合点《がてん》がいったように、目が線になるまで細めて笑う。そこに浮かぶのは嘲笑《ちょうしょう》だった。

「……隕石か、なるほど。ああ、懐《なつ》かしいなぁ」

「懐かしい？　先週の話だろ？」

そう言うと、少年は嘲笑のまま一度、目をそらした。そして、俺の疑問に直接答えることはなく、まるで出来の悪い生徒を前にする教師のように、尊大な口調で言った。

「そうそう、君は記憶を失っているんだった。じゃあ、もう少し詳しい自己紹介が必要か」

俺《おれ》が記憶をなくしていることまで知っているのか、という衝撃《しょうげき》に、少年の次の台詞《せりふ》が追いつき、重なる。それは津波に、後ろのより大きな津波がぶつかり、呑《の》みこみ、更《さら》なる奔流《ほんりゅう》を生み出す。俺はそれに呑まれて、座礁《ざしょう》した船の木板のように、ただ翻弄《ほんろう》される。

少年の顔が歪《ゆが》む。それが現実なのか、それとも俺の酸欠めいた浮遊感によってもたらされた、心象風景なのか判然としない。だけどその夢現の中に、俺はその真っ黒な光を見つけた。

俺の記憶に浮かんだ少年の顔が、目前の少年と一致して蘇《よみがえ》る。

目の前の、こいつの名前を俺は知ってい、る、？

「僕の名前は椎野・PL・淳。これでなにか思いだしたかい、御家ソウメイ」


「そこに転《ころ》がっている男は人間ではない。【彼ら】の仲間で、【空を歩く男】と呼ばれている」

マントの人、メーオーセーオーがさして大したことでもないように、淡々と言う。

その内容はとんでもないことなんだろうけど、他《ほか》に色々とありすぎていたぼくには、ピンとこなかった。反応も、ほうけたように鈍い。舌がぴりぴりとして、うまく動かなかった。

「かれ、ら？」

空を歩く？　人間じゃない？　お父さんが縁側の窓から夜の空を眺《なが》めていた姿や、公園で一《いっ》瞬《しゅん》見た、夜景に浮かぶ人影《ひとかげ》がパッパッと頭の中に浮かぶ。

「端的に言えば、人間からみた化け物だ。今回、私は【空を歩く男】の、子供の始末を依頼《いらい》されてここまで来た。【彼ら】は人間の血を引いた者など仲間と思わないからな」

そう語るときだけ一瞬、メーオーセーオーの顔に影が落ちる。俯《うつむ》いて、なにか自嘲《じちょう》するようでもあった。だけど今のぼくには、そんなことは関係ない。

「ぼくが？　ばけもの？」

「君ではない。君はその【彼ら】と人間の混血児を隠《かく》すためにこの家で育てられた身代わりだ。単なる人間であり……そうだな、劇的な言い方をすれば犠牲者《ぎせいしゃ》となるのだろう。私のようなものが現れたとき、本物の代わりに狙《ねら》われるという役割だ」

ぎせいしゃ、という言葉を聞いた途端《とたん》にぼくの足が動いた。ペーパーナイフを振り上げて、メーオーセーオーに突進していた。そして正面から、その胸にめがけて思いっきり振り下ろす。

「あ、」

思ったより、軽い音がした。ペキン、だった。

メーオーセーオーの手のひらがペーパーナイフの刃をがっちりと摑《つか》み、根もとから折ってしまう。ぼくはワルから貰《もら》ったナイフが折れた、という事実になんでか涙があふれて、自分の吐いたゲロのうえに座りこんでしまう。残ったナイフの柄《つか》が、からんと音を立てて床に落ちた。

ぼくはそれを慌《あわ》てて拾う。すがるように、手に取る。だけどもちろん、意味なんかない。

メーオーセーオーはぼくが切りかかったことなんかなかったように、話を続ける。摑《つか》んでいたペーパーナイフの刃を、壁《かべ》に書いた窓の中に放り捨てて。

「先週、森に隕石騒《いんせきさわ》ぎを起こしたのはそこの、【空を歩く男】だ。私が捜索《そうさく》対象である混血の子供を捜《さが》しまわっていることを知って、その男は抗戦を試みた。自分の息子を守ろうとあがいたのだろう、愚《おろ》かしく。自分の能力において有利な森で騒《さわ》ぎを作り、そこに私をおびき寄せてな。結果として不可抗力が働き、私の始末には失敗したようだが」

メーオーセーオーが静かに、だけど厳しい目つきでぼくを見る。まるでぼくが、その『ふかこうりょく』というものであると、言うように。

「空を歩く男を逃がした翌日から、目星をつけた街にいくつか噂《うわさ》をまいた。特に冥王星《めいおうせい》Oという言葉には、過敏に反応してくれるだろうと期待していた。実際、効果は白々《しらじら》しいほどあった」

そこでまた、メーオーセーオーが口もとを歪《ゆが》める。あ、とぼくは気づく。メーオーセーオーという言葉が、学校の子供に広まっていたことを。あれが、こいつのまいた噂？

「だが失敗した。この御家という家の連中が大げさに反応して、無謀《むぼう》を装って私に攻撃《こうげき》してきた。そしてその裏で、混血児をかくまっていた家は逃亡してしまっていた。そういった仕組みをここで彼らを拷問《ごうもん》して知ったところで、もう遅い。混血児をかくまう家は一層、慎重となって探すのにどれほどの時間がかかることか。仕事は失敗だ」

メーオーセーオーが肩をすくめる。仮面の奥の瞳《ひとみ》が閉じられて、銀色の仮面から異物が消えたように、平坦《へいたん》な顔つきになる。

「しかし仕事に失敗したことで、逆に丁度《ちょうど》いい。失敗したのなら、始末されてもだれも疑わない。私という冥王星Oや、今の仲介人が消える口実になる。ここで人間なら、失敗は成功の母とでも言うのだろうか。そうとでも思っておかなければやっていられないという気持ちが、今は少し分かる」

やはりメーオーセーオーがなにを言っているのか、ぼくには分からない。

なにが疑問かも、ほとんど呑《の》みこめない。

分かる疑問は、たった一つだけ。

じゃあ、ぼくは一体、だれ？

「さて？　逃げた家の本当の子供かもしれないし、まったく別の場所から拾ってきたような子供かもしれない。人間社会に君の戸籍が本当にあるかも怪しいものだ」

その言葉には遠慮《えんりょ》とかが一切ない。そして、距離《きょり》を取っていたメーオーセーオーがまた近づいてきて、ぼくの首を摑んだ。花が開くようにその手は広がって、ぼくの首をあっさりと包む。

「この身代わりという考え方は面白《おもしろ》い。いや素晴らしい。ペンネームのようなものだな、一度生まれたしがらみを押しつけることができる。人間社会で動き回っていても一向に私は『彼ら』の中でのし上がれないが、【彼ら】の仲間である仲介人となれば、可能性がある」

「なに、を、」

メーオーセーオーの手のひらは欠けた刃のように鋭利《えいり》で冷たい。殺されると思ったし、同時にメーオーセーオーの手も、死んでいるみたいだと感じた。

「私も身代わりを適用するとしよう。君のように身元のあやふやな人間はうってつけだ。この家でだれからも必要なくなった君には、今度は【冥王星《めいおうせい》Ｏ】になってもらう」

そう言いきった直後、ぼくがなにか言い返す前に首もとのメーオーセーオーの手が動いた。

するとぼくの中のなにかがスルッとずれて、意識と自由が遠退《とおの》いていく。

首の骨を折られたわけじゃないと思う。呼吸はできる。なのに、身体《からだ》がどこも動かない。ぼくは半開きになった目と瞼《まぶた》をぴくぴくけいれんさせながら、なんの抵抗もできずにメーオーセーオーに担《かつ》がれる。なにをされたか分からないけど、手足がみっともなく伸びて、ぼくは狩られた後の動物みたいだった。

倒れているお父さんとお母さんが見える。二人とも動いていない。生きているのか死んでいるのかも、血の中で伏しているからはっきりしなかった。

ぼくがここに必要かも、不要であるかも両親は叫《さけ》んでくれない。

「何年ぶりに自分の血を見ただろう。君とあのナイフは誇っていい」

褒《ほ》められたのに、嬉《うれ》しくも恥ずかしくもなくてぼくはただ、揺らされる。

顔が下を向いているせいで、ぴちゃぴちゃと、血のように涙がこぼれて床をぬらした。

ごめん、ワル。君の言うことをもっとしっかり守ればよかった。

やっぱりぼくでは、ケンカに勝てないみたいだ。

♇

「正確に言えば僕が御家淳で、君が椎野・PL・聡明なのかもしれないね」

「……しい、の」

「ツイノだよ。そんなところまで、【彼】の真似《まね》かい？」

ツイノ、ジュンが俺《おれ》をあざ笑う。俺はその笑い方に腹を立てる余裕もなく、うずくまる。記憶喪失が直るとき、よく頭痛の伴う描写を見てきたが、まさか本当にそうなるとは考えもしなかった。

「あ、ぐ……頭、裂けてる？」

「いやあ、裂けてはいないみたいだよ」

「でも、切れているように、痛い」

「きっとそれは、遠い昔の名残《なごり》だよ」

ああ、そうかも、しれない。なんだか、そんな記憶がおぼろげに蘇《よみがえ》ってくる。

俺は昔、十三年前、ぼくだった。御家サトアキと呼ばれて、小学五年生だった。小学校にはワルという友達がいて、椎野と出会って、夜の森に出かけて、そして記憶を消された。

最近、俺《おれ》を追いかけていたオバサンは母親だ。俺を殴《なぐ》っていた、あの母親だ。罪悪感なんか覚えていた自分が嫌になるけど、つまりはそういうことだ。俺を狙《ねら》う顔が、老《ふ》けてはいたけど昔となんにも変わっていないことに気づいて、気の抜けた笑い声が漏《も》れる。

「……っはは」

母親に記憶があるのかどうかも分からない。だけどどんなことがあってもあの人は、俺を殺そうとするわけだ。あの人にとって、俺はそういうものなんだ。実の子じゃないから。

次々に、理解が浸透してくる。

【空を歩く男】の捜索《そうさく》。あれを仕事の依頼《いらい》なんて考えていたけど、それは嘘《うそ》だった。窓をつくる男がこの件に事務的で、つれない返事だったのも今なら分かる。ぜんぶ、俺の求めたことだ。記憶が戻ってきていた俺の、求めたものがあの森での出来事だったんだ。

もしくは、父親の姿を探し求めていたのか。本当の、【空を歩く男】の。

「この、隕石《いんせき》の記事……これって、あのときのか？」

ポケットに突っこんであったヨレヨレの古い切り抜きを、椎野に見せる。椎野は呆《あき》れたように眉根《まゆね》を寄せて、それから苦笑する。古い情報しか持たない俺をバカにするようだった。

「そんなもの、まだ持っていたのかい？」

「ああ、おかげさまで、うん」

まるで小学生だった頃《ころ》のように、あいまいに返事する。この記事、最初から俺が持っていて勝手に参考にしたフリをして、森へ向かったわけか。拾ったとかなんとか自分でごまかして。【窓をつくる男】からすれば、だいぶ危ないやつに見えていたんだろうな。自作自演ばかりで。

「あれ、じゃあ……お前は先週、なんで森に？　あの石は？」

「君がフラフラと森を目指しているって聞いたから、記憶を取り戻すお手伝いをしてあげたんだよ。友達の親切に感謝《かんしゃ》してほしいね」

「それで石投げって、アレか。頭にショックを与えたらってやつか？　……いや、死ぬぞ」

「別に死んでもよかったんだけどね。父親の敵《かたき》みたいな男の手先だし、君は」

父親って……。そうなる、のか。じゃあ俺にとってはどんな人になるんだ？　それに、窓をつくる男も。敵って、あの人は死んだのか？　母親は生きていたのに。

「それで全部、思い出せたかい？」

椎野が確認してくる。俺は頭を、迷ってから縦に振った。

「それなりに。まだ、ハッキリしてないこともあるけど」

立ち上がってから、椎野に答える。それから椎野、と意識して目の前の少年を眺《なが》めた。十三年前から、見た目がほとんど成長していない。【窓をつくる男】と一緒だ。【彼ら】の寿命は人間よりはるかに長いと聞くから、そのせいかもしれない。こいつ、本当は何歳なんだろう。

「君のその仕草《しぐさ》と物腰は、【彼】を真似《まね》しているつもりなんだろ？」

椎野が見透《みす》かすように言う。自覚はあったので、否定しなかった。

「ワルは俺《おれ》のヒーローだったんでね。記憶がなくても自然と目指していたんだろ」

「なるほど。じゃあ、ワルが死んだことを聞いたらショックを受けるのかな？」

一瞬、呼吸が止まった。そして色々と止まったまま、俺の口だけが動く。

「大ショック。いつの話だ？」

「中学生のときに、自動車に轢《ひ》かれて死んだよ。相変わらず悪いことをやって大騒《おおさわ》ぎしていたんだろうね」

椎野が懐《なつ》かしそうに、だけどわずかに寂寥《せきりよう》を含んだように話す。椎野にしては意外な語り方で、俺は椎野への認識を改めそうになるけど、それどころではなくなってしまう。

「いや、本当にショックだ。あれ、キツイ。辛《つら》いな、これ」

みぞおちの部分に手を添えて、俺はまた崩《くず》れてしまう。呼吸が全然、戻らない。息苦しくて、のどに爪《つめ》を立てる。かはー、かはーと空気の漏《も》れる音がするけど、吸いこめない。

【窓をつくる男】がチョークで描く、窓を想起する。あれはなんでも吸いこめる。吸いこむその風景を思い出して、必死に真似《まね》しようとする。かはー、かはーと吐く息がどんどん掠《かす》れていって、頭が酸欠でぼんやりしてきた。窓のイメージを続けて、舌を引っこめるようにして風を取りこもうとする。その舌に力が回らなくなってぐったりすると、かえって緊張がとけたのか小さく、呼吸ができるようになってきた。かはかは、こほこほと焦《こ》げた味のする呼吸を繰り返す。

やっと呼吸が元通りになる。なった途端、慌《あわ》ててめいっぱい空気を吸いこんで、むせた。すぐにまた苦しくなって、俺は何度も屋上の床を転《ころ》がる。椎野の笑い声が風で運ばれてきた。

呼吸が落ち着いてから身体《からだ》を起こして膝《ひざ》をつくと、ヨダレと鼻水にくわえて、涙がぼたぼたとこぼれる。べちゃべちゃぼたぼた、うるさい。

「それほどの失意があるなら、そのまま殺されてしまうのはどうだい？　楽になれるよ」

鼻水とヨダレを手の甲で拭《ぬぐ》ってから、椎野の提案を蹴《け》る。

「遠慮《えんりょ》しとくよ。俺、ワルがいる天国には行けそうもないからさ。もっといいことたくさんしてから死のうって今、思いついたんだ」

どれだけ今まで、人を殺してきたというのか。ワルのように、正しい悪にはなれなかった。

「でもこっちとしては、どっちにしても、まず君を殺さないといけないんだよね」

「あぁ？」

見上げると、椎野は車いすから浮かび上がって、空を歩き出していた。ぐ、ぐ、と足場を踏《ふ》むようにして中空を蹴って、ゆっくりと上空へのぼっていく。空を自由に歩く姿は、間近で見ると、神々《こうごう》しさにあふれる絵をいくつも描き出していた。

「僕の能力は父親より不完全みたいでね、足を動かすと自然と、空に浮いてしまうんだ」

父親、という言葉に俺の頬《ほお》が引きつる。思うところはあったが、言うべきことは思いつかなかった。俺がどうなにを訴えても、本物には敵《かな》わない気がしたからだ。

「だから、車いすで移動していたのか」

椎野がニッと笑う。その顔はあいつもワルに影響《えいきょう》されたようで、一瞬《いっしゅん》、笑顔の影《かげ》が重なる。

「おい、一つ聞かせろ！」

「なんだい！」

意外と律儀《りちぎ》に反応してくれた。その椎野の態度に、俺《おれ》はこんな状況でもなんだか声が弾《はず》む。

「どうして俺をここに呼びつけた！」

「僕の周辺を嗅《か》ぎ回られるのがうっとうしかったのと！　それと、本物の冥王星《めいおうせい》Oを誘うためだ！」

「本物？」

懐《ふところ》から握《にぎ》り拳《こぶし》ぐらいの石を取りだして、椎野が叫《さけ》ぶ。

「冥王星O、【窓をつくる男】は【彼ら】と人間の混血だ！　僕と一緒なのに、どうして僕だけが追われないといけない！　不公平だろ、そんなの！　だから、殺してみたくなったのさ！」

椎野のもたらした情報は、少なからず俺を動揺させる。

【窓をつくる男】が混血？　そんなこと、初耳だった。椎野と同様の血のつぎ方なのか。どうして椎野がそんなことを知っているんだろう。【彼ら】の誰《だれ》かに聞かされたのだろうか。

どんどんと空をのぼっていく椎野はあの晩のように、石を空から落として攻撃《こうげき》してくるつもりだろう。俺を攻撃すれば、【窓をつくる男】が現れると信じて。そんなことがあるのか？

記憶の戻った俺に守るほどの利用価値を感じるだろうか、あいつが。それに、今の状況を察してもいるか分からない。神出鬼没《しんしゅつきぼつ》とはいっても、千里眼《せんりがん》を持っているわけではないだろう。

「……それでも、」

逃げりゃいいんだよな？　だって俺は、ケンカが弱いし。

一目散に振り返り、屋上から下の階へ続く扉に向かって走る。椎野もそこを狙《ねら》ってくるだろうから、運が悪ければ直撃することになる。って、俺は運が悪いんだったよな、マズイんじゃ。

そう後悔しながら、足は止まらない。俺は運が確かに悪い、だがワルの言葉を信じる。もうこの世にいない人間に頼《たよ》るのも愚《おろ》かしいかもしれないが、今度こそ俺は自分で立ち向かうのではなく、逃げることを選びたかった。

なぜなら彼だけが、境界線に立たないで、俺の味方でいてくれたからだ。

だったら信じるものがなにかなんて、決まっている。

扉のドアノブに手をかける直前、あの風を切る音が鳴る。俺はとっさに目を瞑《つむ》った。……音もない。痛みもない。石は間違いなく、どこにも当たっていない。

俺はそっと目を開いて、起きたすべてのことを理解する。

俺を守るように、地面から『生《は》えてきた』その男がすべてを呑《の》みこみ、顔色一つ変えずに立《た》ち塞《ふさ》がる。もちろん、そんな芸当ができるのは一人しかいない。

それなのに、俺は別の人物を思い浮かべて、呼びかけてしまった。

「……ワル？」

「そう呼ばれるほど、悪徳な振《ふ》る舞《ま》いはしていないつもりだが」

涼しい顔で平然と嘘《うそ》をつく、【窓をつくる男】が冷淡な声で答える。

ヒーローのように現れたその男は、場違いに大きな傘を青空へ向けていた。

♇

目は半開きで、舌も動かないぼくだけど、意識はあった。眠っているのに、目だけ開かされて外を見ているみたいだ。メーオーセーオーがぼくを抱《かか》えて、どこかへ向かって歩いている。

ぼくは抵抗して身体を揺することもできずに、運ばれるままだった。やがて、ビルとビルの隙《すき》間《ま》にメーオーセーオーが入っていく。その奥には変な模型のたくさんかざってある、小さな店があった。模型はモスラの小さいやつとか、座っている猫、それにゴン太くんの人形もあって節操《せっそう》がない。けたたましい音楽もかかっていて、まったく落ち着かない場所だ。

その店のカウンターに片肘《かたひじ》をついて座っている、化粧の濃いおばさんが顎《あご》をあげる。

「久しぶりだな、【過去を弄《もてあそ》ぶ女】」

「おんやぁ、あんたは……」

「【窓をつくる男】だ」

「そうそう。なんだい、そのガキは。あんたの子供ってわけじゃないだろう？」

メーオーセーオーと知り合いなのか、親しげに声をかけてくる。だけど声色《こわいろ》のなれなれしさの割に、発音の関係かどこか冷たさが感じられる。メーオーセーオーと一緒だ。

このおばさんもまた『別のもの』だということを、ぼくはなんとなく理解する。

「依頼《いらい》だ、この子の記憶を消してほしい。素性《すじょう》を一切思い出せないようにしてくれればいい」

メーオーセーオーがとんでもないことを言いだす。反発したかったけど、垂《た》れた手足は電灯の紐《ひも》みたいになっていて一切動かない。暴れようと頭に力をこめると、ぼくの意識は逆にどんどんぼやけて、まとまらなくなっていく。あ、と声がぼろりと漏《も》れたのを最後に、ぼくは二人の言葉になにか反応することができなくなった。ぼくをあやつる糸が切れたようだった。

「ふぅん。その子はあんたの正体でも知ったのかい？」

「よけいな詮索《せんさく》はしなくていい。君自身が消されるのは本意じゃないだろう？」

「分かってるよ。うぅん、でも子供はねぇ、成長中だから。まだ研究の足りない能力だし、もしかすると何年か経《た》って効果が失われるかもしれないよ」

「それでも構わない。少年は既《すで》に人間社会の身寄りがない。記憶を失わなければ、私の元へ置くこともできないからな、殺すしかなくなる」

「……あんた、どういう風の吹き回しだい？　身寄りのない子供の面倒を見るなんて」

「単にこの少年に利用価値を思いついただけだが」

「仕事で失敗でもしたとか？」

「……そうだな。失敗したのは事実だ。だが得るものもあった」

「人間みたいな考え方をするんだね、あんた」

「消されたいか？」

「どうせいつか、うとましくなったら私を殺す気なんだろ？」

「仕事の依頼《いらい》は早めにすませてくれ。私もこれまでそうしてきた」

「あんたはそこで否定しないところが笑えるよ」

「それと後でもう二人ほど、人と【彼ら】のペアを連れてくるかもしれない」

「毎度あり」

ぼくがカウンターの上へ投げだされる。そしておばさんがなにかを準備するために店の奥へ引っこんでいる間に、メーオーセーオーがぼくの顔を手のひらで覆《おお》い隠《かく》す。

それがなにかの魔法《まほう》だったように、ぼくの意識はそこで完全にとぎれた。

……気づいたときには、ぼくは夜の道を歩いていた。隣《となり》を歩く、背の大きな人に手を握《にぎ》られながら。たしか、この仮面をつけた人は、めーおーせー……おー？

「まだ名前は思い出せるか？」

めーおー……？　マントを着た人が、ぼくを試すように質問してくる。だれだっけ、この人。

ぼくの名前を聞いてきたから、会ったことない人かもしれない。記憶が、どんどん流れてく。

薄《うす》まっていく記憶の中をかきまぜるように、ぼくは自分の名前をすくいだして口にした。だれかに、ぼくをおぼえていてほしいといういっしんで。

「おいえ、さと、さと……そう、めい」

「やはり丁度《ちょうど》いい名前だ。アナグラムにできるとは、運命を感じる」

マントの人は前向きそうな言葉を呟《つぶや》いたのに、顔はあまり嬉《うれ》しそうでもなかった。仮面の奥にある青い瞳《ひとみ》が、ぼくを見下ろす。ぼくはその目が少し怖いと感じるけど、なんでだろう。

「君の名前は今日から冥王星《めいおうせい》Oだ」

「めい、おう？」

おー、O、ぜろ。ぼくの頭の中みたいだ。あれ、でも、おいえ……なんとかは？

ぼくがぼーっとしていると、急《せ》かすようにマントの人が確認してきた。

「分かったね？」

「あ……はい」

怒られそうだったから、なんだかよく分からないけど頷《うなず》いた。ぼくは今からメーオーセーオーらしい。変な名前だ、どこからどこまでが名字なんだろう。あとで聞いてみよう。

頭がぼーっとしたまま歩いていると、左手に公園が見えてきた。夜の公園は静かで、自販機の灯《あか》りがめだつ。……こうえん？

公園のかすかな灯りに引き寄せられるように、ふらふらとそっちへ向かおうとする。それを、手を握《にぎ》っていたマントの人に遮られた。犬の首輪の紐《ひも》みたいにぼくの手が引っ張られる。

「どこへ行く?」

ぼくはマントの人を見上げて、瞼《まぶた》の上でぼんやりとするものと必死に戦いながら、口を動かす。あの公園を忘れるのだけは嫌だ、公園? 公園にいる人? なにを? 分からない、けど、

「あの公園に、行っていい?」

ぼくは必死に指さす。公園の奥の方で人影《ひとかげ》が動いているような気がしてことさら、それを指と目で追う。マントの人は公園の方に目をこらしながら、ぼくに尋《たず》ねた。

「公園になにかあるのか?」

「思い出せない……だから、行きたい」

「なるほど」

マントの人が目を閉じて、息を吐く。それからすぐに首を横に振った。

「ダメだ。君は寄り道せずにこのまま事務所へ帰らないといけない」

「どうして、」

「意地悪のつもりはない。……今の君に忠告したところで、分からないだろうが」

マントの人がその場に膝《ひざ》をついて、ぼくと目線の高さをあわせる。金色の髪が夜風に吹かれて、やわらかく舞《ま》い上がる。左の頰《ほお》に細長くて、真新しい切り傷があった。

マントの人はぼくの肩に手を置きながら、少しこわばった声で言った。

「いいかね、冥王星《めいおうせい》O。君が冥王星Oである限り、一端であっても【彼ら】と関《かか》わることになる。だから君は優《やさ》しさや愛情といったものを持ち合わせてはいけない。何故《なぜ》なら、【彼ら】はそういった感情を持ち合わせていないからだ」

「……ぜんぜん、分からない」

「今はそれでいい」

「ぼくはよくない」

そう言うと、マントの人は無言でチョークを取りだした。ぼくの足もとに長方形の、窓のような落書きを描く。すると途端にぼくが足で踏《ふ》んでいる地面の感覚が消える。

落とし穴を踏んだように、ぼくは白く光った地面の中へ吸いこまれていく。足を動かして逃げようとしても蹴《け》るものがなくて、すぅっと足が光の中へ消えていく。

「わ、」

ぼくの口がなにか言おうとしたけど、唇を『O』の形にしたまま、固まってしまう。

続きはなにも思い出せなかったし、時間もなかった。

だからぼくが全部のみこまれる間際《まぎわ》、ごめん、とだけ公園に向かって呟《つぶや》いた。

きっとその言葉は、公園で待ちくたびれている『かれ』には届かないけれど。

「やはりあの能力は、私の天敵だな」

銀のような色の傘を回しながら、【窓をつくる男】、本当の冥王星《めいおうせい》Oが呟《つぶや》く。いつもどおり、突如《とつじょ》として現れたその男に、俺《おれ》は変わらない驚《おどろ》きを与えられる。

「あんた、」

「この傘の中にいた方がいい。そうすれば、運が悪くてもめったに死なないだろう」

傘を少し傾けて、俺を招き入れる。晴れ間の広がる空の下で、男二人で同じ傘に入るというのはどうだろう。しかもこの切迫した状況で、武器の代わりに傘を持つ姿はマヌケそのものだ。

それでも俺は【窓をつくる男】の指示どおり、その傘の下へ避難する。傘で爆撃《ばくげき》めいた攻撃を防げるのだろうか。そう思って【窓をつくる男】の顔を覗《のぞ》くと、相手もこちらを観察していた。

「その様子だと、すべて思い出したようだな」

「そんな言い方してるけど、本当は俺と椎野の話を全部聞いていたんだろ?」

「そのとおりだ。実に残念だよ」

【窓をつくる男】は悪びれない。フェンスの方に向かって歩きだしたので、俺も傘からはみ出さないように慌《あわ》てて前へ進む。石の落下は、【窓をつくる男】という乱入者の動向を確かめるように中断されている。だが、すぐにまた再開されるだろう。そのとき、十三年前のように俺と【窓をつくる男】は無傷でいられるのだろうか。

「で、この傘は？」

「十三年前に考えついた対策だ」

「……ああ、そういえば」言っていたな、とあの森でのことを思い返す。

傘でも持ってくれればよかったな、って。あれは冗談の類《たぐい》じゃなかったんだろうか。風を切る音が空でシュルシュルと、渦巻《うずま》くように鳴る。俺は思わず首をすぼめて、身を固くした。

「……？」

音はなかった。くわえて衝撃《しょうげき》も。俺たちに直撃しなかったのはもちろんのこと、屋上や道路の方にも落ちなかったように、無音。身体の強《こわ》ばりをといて左右を見ると、【窓をつくる男】が冷めたような目で俺を見つめていた。

「少年のときより怯《おび》えているように見えるが」

「うるさい」

「傘全面に窓を描いてある。これなら頭上に石が落下しても、繋《つな》げた別の場所に落ちるだけだ」

へぇ、と素直に感心した声を漏《も》らす。こいつにしかできない対策方法だが、確かに効果は抜群だろう。これで石を落とそうと、ナイフを落とそうと傘の下にいる限りは当たらない。

この傘の大きさを超える岩でも落とさない限り、こちらに致命傷は与えられない。そんな巨岩を、椎野が持ち運ぶことはできないだろう。つまり、あいつの攻撃《こうげき》は無効だ。

俺《おれ》がそう考えていると、空を見上げて、【窓をつくる男】が言う。

「こうなると相手も、次の手に出るだろうな」

「次？」

「爆撃《ばくげき》だ」

そう呟《つぶや》いた直後、【窓をつくる男】が俺を抱《かか》えて横に飛ぶ。必死さはなく、その跳躍《ちょうやく》する姿は舞《ま》うように、優雅でさえあった。だがそんな軽《かろ》やかさまで吹き飛ばすように、爆発音がこだました。

本当に爆撃を始めたらしい。屋上の一角で爆破したそれの破片が足もとまで飛んでくる。爆風の衝撃《しょうげき》から身を守ろうと、腰を低くして顔の前に腕を組む。だが【窓をつくる男】の横に構える傘によってかしらないが、大して風圧も感じない。窓は衝撃まで吸いこんでしまうのだろうか。

屋上に残されていた椎野の車いすがこっぱみじんになって、木片がそこら中に散らばる。

「私に投下物が直接当たらなくとも、爆発に巻きこめば殺せる。恐らく十三年前の空を歩く男も、爆薬の類《たぐい》は用意していたのだろう。結局、使わずに逃げてしまったが」

十三年前、ということは父親のことか。俺か、もしくは椎野の。父親が日本語に不慣れな印象だったのは、【彼ら】だったからなのだろう。皮肉なものだ。

人間のように思えない母親と、人間的なものを感じていた父親が、正反対だなんて。

「……どうしてだ？」

「森に自分の息子がいるのを発見してしまったからだろう。君と空の上にいるやつ、どちらのせいかは知らないが、守るべきものを巻きこんでは本末転倒だ」

「あ……」

父親と、一緒に食べたラーメンが思い起こされる。だけどその思い出は、すぐに追加された爆風と、それをさけるために走り出すことでどこかへ吹き飛んでしまった。

だけど、思いついたこともある。三日前、森には恐らく椎野がいた。あいつは途中で石を落とすのを止めていなくなってしまったけど、あれは自分の母親が森にいたからだろうか。

まさか、とは思い、だけど、という答えも捨てきれない。答えは、空の上で遠すぎた。

「攻撃が通じている間は逃げないから逆に助かる。空を歩いていれば追跡することはできない。だがもう逃がす気はない、ここで片づける。そういうわけで急がなければいけないのだが」

早口で今後の方針と予測を一通り喋《しゃべ》ってから、【窓をつくる男】が俺を一瞥《いちべつ》した。なんだ、と俺がその視線に一歩、身を引きながら首を傾《かし》げる。【窓をつくる男】は試すように尋《たず》ねてきた。

「どうする？【空を歩く男】を殺すか、殺さないかだ」

「……なんだって？」

「これは別に仕事ではない。君の判断に任せる。だが、時間はないぞ」

それは分かる。爆撃《ばくげき》の量には限りがある。攻撃が終われば当然、椎野は逃げてしまうから、今のうちに決断しなければいけない、ということだろう。だが、そんなことを俺《おれ》に決めさせるとは思わなかった。【窓をつくる男】の性格なら、迷わず殺すと決めつけていたからだ。

でも、【窓をつくる男】は昔、俺の母親を殺さなかった。ひょっとすれば、父親も。仕事や自分の素性《すじょう》と関係ないのなら、必要以上には殺さないのかもしれない。身代わりという発想を知って、それがよけい強まったのだろうか。つまり他《ほか》のことなどどうでもいいってことだ。【彼ら】の性格が、ある意味でいい方向に発揮されている。

「一つ聞かせてくれ」

【窓をつくる男】が俺を横目で見る。続けろ、と目で言われたので口を動かした。

「俺はただの人間なんだよな」

「ああ。十三年前に調べたから間違いない」

「椎野は【彼ら】と人間の混血」

「ああ」

「じゃあ、あんたはどうして俺に味方するんだ？　普通、同じ境遇のやつを助けないか？　もう、俺の記憶は戻ってしまっているんだ。恐らく役に立たないぜ」

「……質問は一つではなかったな」とぼやいてから、【窓をつくる男】と俺は走る。屋上の入り口付近に落下した爆発物が扉をぶっ壊《こわ》すのを眺《なが》めてから、【窓をつくる男】は答えた。

「多分、【空を歩く男】よりも君に対して、【人間】と【彼ら】の境界を感じたからだろう」

あのときもそうだった、と遠い昔に思いを馳《は》せるように呟《つぶや》く。あのときとは、俺の家で冥王《めいおう》星《せい》Oを任命してきた日のことだろうか。人間と【彼ら】の境界。『別のもの』に感じた母親と、少なくとも母より俺に親身だった父親。二人の間で、俺は流されて生きていた。

俺は決断する。最初から決めていたが、今の言葉が後押しとなった。

吹き荒れる空気をぐにゃぐにゃと何度も噛《か》むようにして、いくつもの言葉を作り、紡《つむ》いだ。

「殺さないでくれ」

まるで命ごいをしているみたいだ、と口にしてから感じる。

それはある意味で、正しいのかもしれない。殺さないでほしいと、奪《うば》わないでほしいと思ったものが失われる。それは俺の一部が殺されるということじゃないだろうか。

言った直後、【窓をつくる男】になぜ？　と目で尋ねられる。後押しされた勢いのままに答えた。

「友達、だったんだ。少なくとも俺はそのつもりだった」

「理由はそれだけか？」

「たったそれだけだ」

だけどそれ以上の理由は、人間に必要ない。そうだろう、ワル？

人っていうのは、どうして好きになったのかという理由を時々、求めたり人に聞いたりする。だけど好きであるということは、そもそもそれだけで理由なんだ。俺《おれ》はそれを知っている。

【窓をつくる男】は俺の意見について、なにも語らない。代わりに双眼鏡をどこかから取りだして、俺に渡してくる。俺はそれで、上空の椎野を見た。椎野はまだ、双眼鏡で捉《とら》えられる高さにいる。あまり高すぎると、石や爆弾《ばくだん》が風で流されてどこか別の場所へ落ちてしまうからだろう。それに、【窓をつくる男】の攻撃《こうげき》を防ぐには十分な高さと考えているのかもしれない。

椎野は嘲笑《ちょうしょう》まじりの微笑《ほほえ》みを、空の上でも浮かべているようだった。

「空を歩く能力には弱点が三つある。一つは、攻撃が上空からに限定されること。二つ目は本当に自分の足で空を歩いているということ、そして三つ目は、あくまで歩いているだけだから移動が俊敏《しゅんびん》ではないこと」

次の爆撃もまるで、予知しているように【窓をつくる男】は回避《かいひ》する。俺はその後にくっついていっているだけだ。爆発の衝撃《しょうげき》と爆風を傘で吸収してから、俺は【窓をつくる男】に言った。

「空の上っていうのは居心地悪いのか？　動きがぎこちないな」

「歩きなれていないんだろう」

そこで【窓をつくる男】は、ニヤリと非常に珍しく、感情的に唇を歪《ゆが》める。

そしてかがんで傘に身を隠《かく》しながら、突拍子《とっぴょうし》もないことを俺に尋《たず》ねてきた。

「ポップコーンを宙に投げて食べたことがあるか？」

「……はぁ？」

「私はある」

あるのかよ。想像したら、マヌケ以外のなにものでもない絵が思い浮かんだ。

「あれを正確に口に運んで食べるためには、狙《ねら》った高さ、位置にポップコーンを投げる必要がある。地上でポップコーンを待つものがおたおたと動いていてはいけない」

お空の上のやつみたいにな、と【窓をつくる男】の妖艶《ようえん》な唇がつけ足す。なにが言いたいのか、俺にはまるで理解できない。だが【窓をつくる男】は一人でさっさと準備を進めてしまう。

「傘を持っていてくれ」

俺に傘の柄《え》を押しつけて、短剣と拳銃《けんじゅう》、そしてチョークを外套《がいとう》から取りだす。そんなものでどうするつもりだろう、椎野には届かないはずだ。俺が心配するのをよそに、【窓をつくる男】は傘の外へ出て立ち上がる。無防備で、しかし空を障害物なく一望する。

「ちなみに私はポップコーンの狙いを外《はず》したことは、一度もない」

そう前置きして、【窓をつくる男】は手に持った短剣を、空へと思いっきり放った。それがこいつの言う、ポップコーンなのだろうか。行動の意図が摑《つか》めなくて、俺は傘に隠《かく》れたままことのなりゆきを見守る。【窓をつくる男】は短剣の行方《ゆくえ》など気にもしないように、その場に屈《かが》んだ。

そして屋上の床に左手のチョークで素早く、小さい○を作る。直後、右手に持っていた大型の拳銃《けんじゅう》をその極小の窓めがけて発砲した。弾丸は床で跳《は》ねることなく、正確に窓へ吸いこまれる。撃《う》った直後に拳銃を床へ捨てて、外套《がいとう》から別種類の、少しだけ小型の拳銃を取りだす。そして更《さら》に撃ちこんでいく。

でも、その弾丸はどこへ？

「上を見ているといい」

手を休めずに【窓をつくる男】が言う。俺《おれ》はその指示に従って、双眼鏡を上へ向けた。太陽を視界の端に巻きこむようにして見上げた空の中で、俺はその一直線に続くものを発見する。

「あ、」

ようやく【窓をつくる男】の、行動の意味を理解する。俺は双眼鏡で、それをジッと見つめた。

上空へ飛んでいく銃弾に窓を作り、そこから次の銃弾を飛ばしているんだ。銃弾が放物線を描き、横になって落ちようとするその瞬間《しゅんかん》に、屋上の床に作った窓と銃弾の横面を繋《つな》げる。そして、銃弾を撃ちこんで更に上空を目指す。荒唐無稽《こうとうむけい》で、【窓をつくる男】にしかできない方法だ。

撃つ度《たび》に拳銃の種類を変えているのは、窓を作るために、発射する銃弾を一発ずつ小さくするためなんだろう。

最初の短剣は銃弾の飛距離《ひきより》を稼ぐためだろうか。流しソーメンに使う竹を上手に繋げるように、次々と弾丸が踏《ふ》み台を用いて空を走る。双眼鏡に映る椎野はまだ、なにが起きているか理解していない様子だ。なまじ高い場所にいるから、地上の出来事をすべて見ることができない。【彼ら】が下層にいる人間のすべてを把握《はあく》できず、俺みたいな探偵《たんてい》が生まれたように。

やがて最後まで繋がった銃弾が、椎野の右足を貫通する。鮮血がふきあふれて、椎野の表情が苦しげに移り変わった。ぐ、と胸が痛む。俺が傷つけたわけではなくとも、心が苦しいようだ。

椎野は空中でバランスを崩《くず》して、右足の出血を押さえようと手のひらで傷を覆《おお》っている。そして形成が不利だと悟ってか、すべての爆弾《ばくだん》と石を放り捨てる構えになった。それらを全部落としてから、逃げるつもりらしい。椎野の右足からこぼれた血は赤色で、地上に向かってぽたぽたと、夕立のように降っている。

「ムダだ。慣れないと、対処は難しい。十三年前、私が空を歩く男を逃がしたように」

【窓をつくる男】が、屋上へ落下してきた短剣を拾い上げて、上空を睨《にら》む。そして狙《ねら》いを定め終えたのか再度、空へと放り投げる。二丁目の拳銃を外套から準備して、左手に持ったチョークとほぼ同時に動かす。同じことの繰り返しで、今度は残った左足を狙うつもりのようだ。

椎野が狙いもなにもないように、石と爆薬をまとめて投げ飛ばす。【窓をつくる男】にそのことを教えようかと口を開いたが、そもそも空の椎野が見えていなければ、狙いもなにもない。

どういう目をしているんだ、と呆《あき》れている間に石と爆弾が屋上や外《はず》れた道路の方、別のビルへと一気に降《ふ》り注《そそ》ぐ。とんでもない天気だ。俺《おれ》は傘に包まれるようにして、その衝撃《しょうげき》に構える。特撮《とくさつ》映画でも大げさにとられそうな大音量の騒音《そうおん》が、次々と重なって周辺に鳴る。傘の脇《わき》を爆風《ばくふう》が走って、それだけで俺は遠くへ飛ばされてしまいそうになる。

そんな中でも【窓をつくる男】は爆風ではためく外套《がいとう》もいとわず、攻撃を続行していた。俺も傘の横から顔だけを出して、双眼鏡で弾丸の行方《ゆくえ》を追う。

椎野の緑の目が、双眼鏡ごしに俺と合った気がした。あいつは、抗《あらが》うように笑っていた。

そして第二射が、見事に椎野の左足を貫いた。椎野の両足の動きが止まって、落下する銃弾のように放物線を描き始める。頭から落下していくようだ。落ちる軌道に、二つの赤い線が走っている。椎野の流す血だ。【窓をつくる男】もそんな椎野を見上げて、どこか満足そうに頷《うなず》く。

「うまくいったようだな。弾丸を削って平面から飛ばせるようにした手間もこれで報《むく》われるというものだ」

「ああ、それはいいけど、なぁ」

だがちょっと待った！　少し待っても、なにも起きない！

「このままだと、椎野が地面に落ちるぞ！」

「そうなるだろうな」

「いや殺さないって方針だったんじゃ！」

俺の言葉の途中で、【窓をつくる男】はいきなり、持っていた傘を思いっきり、上空へ放り投げる。

口をぽっかりと開けたまま、その傘を反射的に目で追いかけた。

投げ飛ばされた傘は空から降ってきた椎野と衝突して、上面に大きく描かれていた窓の中へとやつを呑《の》みこんでしまう。椎野は地面に激突することなく、静かに、初めからいなかったようにどこかへと消えさった。転送されたことで、無事はこの場で確認できないが、俺たちの目の前へ降るという確実な死亡は回避《かいひ》されたことになる。

投げ飛ばした傘は気流に乗って、屋上の空からどこかへ、フラフラと飛んでいってしまった。

双眼鏡を目にくっつけたまま、【窓をつくる男】を慌《あわ》てて見る。拡大されすぎて焦点が合わないほどの【窓をつくる男】は、しかし平然と、冷淡な調子で俺にこう説明するのだった。

「ポップコーンを投げるのは得意と言っただろう？」

そういう問題か、と思った。

だがこいつにとって、そういう問題ですませるレベルにしか俺たちはいないのだろう。

そう考えると脱力して、ワルの懐《ふところ》を見せつけられたときのように、笑うしかなかった。

それから【窓をつくる男】に言われて、別の場所へ移動した。石を投げ落とした音の騒《さわ》ぎで、ビルの人間がいつ屋上へ上がってくるか分からない。俺《おれ》は屋上の入り口の側《そば》に作られた窓へ飛びこみ、冥王星《めいおうせい》Oの事務所に来ていた。久しぶりだったが、掃除はどの部屋も行き届いていた。

その洋館めいた事務所の一室で、俺と窓をつくる男はある程度の距離《きょり》を取って、無言のまま座る。これからのことや、俺の始末を話す必要はあったが、なにから話せばいいか分からなかった。【窓をつくる男】の方は銀のポットから紅茶をカップに注いで、その匂《にお》いを静かに楽しんでいる。

「【顔のない女】は？」

「買い物中だ」

「そうか」

俺たちの間にあった会話はそれだけだった。だけどその直後、授業参観のことを親に言い出せなかった、自分の子供の頃《ころ》を思い出して失笑してしまった。結局、両親には言えなかったな。

しばらくすると、突如《とつじょ》、部屋の扉が勢いよく開いた。誰《だれ》かが襲《おそ》ってきた、と考えても不思議じゃない乱暴な開け方だった。だが【窓をつくる男】や紅茶の水面は動じない。俺も身構えるだけで、事態を静観することにした。

扉は開いてからわずかに間があり、それから俺をしつこく追いかけてきていたオバサン……俺の育ての母親と両足から血を流す椎野が廊下から、部屋の中へ投げだされる。二人とも手足を縛《しば》られて、意識がないようだった。

……母親か。俺があの家にいた頃の虐待《ぎゃくたい》は、まぁ気に入らないからって理由で納得できる。世の中、子供を痛めつけることが好きな親なんていくらでもいるものだ。だけど、この歳《とし》になってまで鉄砲持って、俺を追いかけてきたのはどうなんだろうな。

それは自分の意思に基《もと》づく殺意なのだろうか。それともあの、【過去を弄《もてあそ》ぶ女】に記憶を改ざんされて、椎野を守るために働かされていたのか。……仮に、頭を弄られてすべてを忘れてしまっていたとしても。

この人は俺を殺そうとして、そして椎野を守ろうとするんだろう。そんな気がしてならない。俺に対しては微塵《みじん》も向けなかった、愛情という概念が母親の中にもあるのだという事実は意外で、そしてその対象が実の子供にだけ注《そそ》がれているというのは、ある種の感動を覚えていた。

どんな形であっても、母親だった人の美点を見つけるというのは、俺を喜びで湧《わ》かせる。

そして二人の後ろから部屋へ入ってきたのは、ビルに入る前、あの深紅《しんく》のスポーツカーを運転していた男だった。二人を運んできたせいか、少し疲労したように息を吐いている。

「手強《てごわ》いババアだったぜ、しかも殺さず捕まえろときた。まさかこんなのが初仕事とはな」

黒ずくめの男が、【窓をつくる男】に嫌みのように言う。どうやら母親と戦って、捕まえてきたようだ。それから、傘の窓でどこかへ飛ばされた椎野を回収してきたのだろう。【窓をつくる男】はそんな男の言葉を軽く無視して、顎《あご》で『二人をこっちに運べ』と指示する。

男は舌打ちしながら、二人を部屋の中央まで蹴《け》って転がす。それから棚に飾ってあるワインのボトルを一本取って、他の部屋へ行ってしまった。ここにいるということは、あいつが俺《おれ》に代わる新しい【冥王星《めいおうせい》O】なのかもしれない。それを確かめる前に俺は椅子《いす》から立ちあがった。

床に転《ころ》がる二人の側《そば》へ近づく途中、ポケットを漁《あさ》って、レシートや目薬と一緒になっていたナイフの柄《つか》を取りだす。折られて刃のない柄は、大人の手には小さすぎて手のひらですべてを包んでしまいそうだった。あのときはまだ、ワルの手も子供だったわけだ。このナイフが丁度《ちょうど》いい大きさだったもんな、お互いに。

「捨てなかったんだな、俺」

そして、窓をつくる男も。

屈《かが》んでから、刃のないナイフで椎野の首をかっ切る真似《まね》をする。気絶中の椎野はもちろん、反応しない。母親の首も同じく切る真似をしてから、【窓をつくる男】に振り返る。

「椎野と母親はどうなるんだ?」

「さて、どうするかな」

紅茶を少しすすってから、【窓をつくる男】がじらすように答える。だが、すぐに続きを口にした。

「私が混血だと疑っているものが【彼ら】の中にいる。【空を歩く男】からは、そいつのことを聞き出せるかもしれないし、あぶり出す餌《えさ》にできるかもしれない。まだ殺す気はない」

じゃあ最初から、俺に殺す、殺さないを尋《たず》ねるまでもなく処置は決定していたんじゃないか。

【窓をつくる男】の意外な意地の悪さに、しかめっ面《つら》となってしまう。

「それがムダだったり、終わったりした後は？」

「そんな先のことは分からない」

まるで映画の俳優みたいに、【窓をつくる男】はハッキリと『不明である』と言った。長年のつきあいの経験から察するに、自分の都合次第では生かして、邪魔《じゃま》なら殺すって態度だ。勘違いしてはいけないが、【窓をつくる男】は間違っても善人じゃない。でも俺にとって、悪人でもない。

俺の生活を根底から壊《こわ》したのは事実だが、しかしその後の十三年間、面倒を見てもらったというのも揺るぎない。俺はあの家で両親に育てられた時間より、【窓をつくる男】に養われた時間の方が長いのだ。人との関係は築きあげた時間ですべて左右されるものではないが、それでも長さを無視しきるべきでもないと、俺は思う。椎野の姉が、実の弟でなくてもかばおうとしたように。

「なぁ」

「うん？」

「俺の父親も、どこかで生きているのか？」

母親も頭を弄《いじ》られてから、生きていたぐらいだ。ひょっとしたら、父親も、なんて考えてしまう。もしかしたら空を自由に歩いて、気ままに旅でもしているのかもしれない。

俺《おれ》は笑顔を作って、【窓をつくる男】の返事を待つ。だが、【窓をつくる男】は無言だった。

俺の笑顔は次第に失われて、最後は口を半開きにして、目もとから力が失われてしまう。

それを見届けて、ようやくといった感じで【窓をつくる男】が動いた。

「分からない」と【窓をつくる男】が、カップの水面に目を落としながら首を横に振る。

その一連の様子から、死んでいるのだと悟るのは難しくなかった。

♇

「ここでいいのか?」

俺が【窓をつくる男】に運んでもらったのは、数日前に寝泊まりした公園だった。そして十三年前、俺たちが待ち合わせる場所に使った公園でもある。相変わらず、夜は利用者がいないみたいだ。

「ああ。ワルが俺を待った時間ぐらいは、ここにいたい」

そう告げると、【窓をつくる男】は無言で夜の中に消えた。俺はそれを見届け、ベンチに座る。

静かな夜だった。蟬《せみ》が鳴くには少し早く、春を喜ぶ鳥の鳴き声はもう遠い。顔の形を模《も》した穴が開いている壁《かべ》は塗装がはげてもまだ笑顔で、入る子がいるかも怪しいプールは枯れている。支柱と繋《つな》ぐ鎖が錆《さ》びてきて、遊ぶ子供がだれか怪我《けが》をしそうなブランコは未《いま》だに二つとも揺れていた。握《にぎ》ると鉄や錆《さび》の粉がつく鉄棒でさかあがりすることは、本当に簡単だろう。

なにもない、本当に寂寞《せきばく》とした夜だ。目を閉じれば、自分が子供なのか大人なのか、忘れてしまいそうなほどに。だけど目を瞑《つむ》っていくら待っても、にぎやかな男子の声や、車いすの車輪が回る音はやってこない。俺がこうして目を閉じている間にも、世界中の時間が進んでいる。

「ぼくは、」

なんとなく、口にしてみる。だけどそこには違和感ばかりで、他人が喋《しゃべ》っているようだった。

そこで『俺』は自分が子供でないことを思い知らされて、目を開く。

後悔が始まる。だけど終わったときにまた昔を忘れてしまうようなら、ずっとでも構わない。

『エピローグ&プロローグ』

♇

数日後、【窓をつくる男】に呼び出された。というより、窓の中へ連れこまれた。

出た先は見知らぬ街の河原で、そこには窓をつくる男の他《ほか》にもう一人いた。

「彼が新しい冥王星《めいおうせい》Ｏだ」

【窓をつくる男】がそう紹介したのは、長身瘦軀《ちょうしんそうく》で黒ずくめの男だった。黒のジャケットを着て、シルバーアクセサリが隙《すき》なく装飾されている。鼻筋の通った端麗《たんれい》な容姿で、俺《おれ》よりはよっぽど探偵《たんてい》然とした雰囲気《ふんいき》を身にまとっている。法律で禁止されているくわえ煙草《たばこ》が絵になっていた。

やはり、洋館で出会ったこの男が次の冥王星Ｏか。あの日に俺の母親を、【窓をつくる男】の指示で運んできたスポーツカーも背後に見える。

その悪党の笑顔にはどこか小学校時代のワルに似た雰囲気があった。近くにいれば周囲が絶対に被害を受けるのに、それでも不思議とだれかが常に側《そば》にいる。そんな空気を少し懐《なつ》かしむ。

この【冥王星Ｏ】なら男の子分よりも美女を傍《かたわ》らに従えている方が似合っているだろう。

だから俺は目の前の、かつての友人に似た雰囲気の男に対して肩を竦《すく》める。

「友達にはなれそうもないな」と、【窓をつくる男】に感想を告げた。

するとし【窓をつくる男】は仮面の奥の青い目を閉じて、小さく息を漏《も》らす仕草《しぐさ》を見せた。

ひょっとしたら、笑ったのかもしれない。

♇

「偉業、というには少々大げさだが賞賛しておこうか」

引き継ぎが終わってから早々に、駐輪禁止の区域に堂々と停《と》まっているスポーツカーに新しい冥王星Oが乗りこむのを見届けてから、窓をつくる男が俺にそんな前置きをこぼした。ちなみにその冥王星Oは、友達になれないという俺の意見に対して『大歓迎だ』と皮肉げに微笑《ほほえ》んでいた。なるほど、笑い方がワルに似ているのだと俺はそのとき納得した。

「何の話だ?」

賞賛という温かい概念《がいねん》の抜け落ちたような男が急にそんなことを言いだしたので、俺は少し不安になる。まるでこれが今生《こんじょう》の別れとなってしまう、そんな雰囲気まで漂《ただよ》っていた。

【窓をつくる男】の口調は側《そば》に敵がいようと、味方がいなくても、淡々と変化がない。

「冥王星Oを一度でも名乗ってから、引き継ぎの際に生きていた人間は君が初めてだ」

「俺が? へぇ、それは……運が良かったんだな、単純に」

「悪かったさ。本当は今度こそ引き継ぐ必要などない、完璧《かんぺき》な冥王星Oを期待していたのだが」

「期待に添えられなくて悪かったな」

心の籠《こ》もっていない謝罪《しゃざい》を口にすると、【窓をつくる男】は俺《おれ》から顔をそらして白いチョークを取りだす。話は終わったということだろう。俺は【窓をつくる男】の見送りとしてその場に留《とど》まっていたが、同時に覚悟も決めていた。もしかしたら別れ際《ぎわ》、殺されるかもしれないという覚悟だ。

これだけの事情を知り得ている俺を、【窓をつくる男】が人間社会に野放しにするとは思えなかった。【彼ら】がどこで聞き耳を立てているか分からない。口封じは当然だろう、とまるで他人事のように想像していた。

最低でも幼少期の俺のように、記憶を弄《いじ》られるぐらいの処置はあるだろうと考えていたのに、窓をつくる男はもう帰り支度《じたく》を整えてしまう。土手のブロック塀《べい》に、チョーク製の窓が描かれる。その窓は長方形より気持ち、丸形に思えた。【O】に似ているその形に、俺は何故《なぜ》か【窓をつくる男】の微《かす》かな温かさを感じ取る。

それは【窓をつくる男】がかつての俺に忘れろと言った、優《やさ》しさや愛情なのではないだろうか？

そんな気がしてならないのだ、不思議にも。同時に、俺の父親のことも思い返す。

化け物に与えられたものから血の匂《にお》いがしないことは、そんなにも不自然だろうか。俺の胸の内には血液の暖かさだけが満たされて、顔をしかめるような血生臭《ちなまぐさ》さはつきまとっていない。

「なぁ」

「うん？」

別れの挨拶《あいさつ》もなく窓枠の中へ入ろうとした【窓をつくる男】が、金髪を揺らして振り返る。

それとほぼ同時に、停《と》まっていたスポーツカーが河川敷《かせんじき》に轟音《ごうおん》を吐き散らして走り出した。運転席の冥王星《めいおうせい》Oの見下ろした目と一瞬《いっしゅん》、視線が交差する。冥王星Oはまるで今からスーパーへ万引きでもしにいく悪戯《いたずら》好きの子供のようにその目を輝《かがや》かせて、口端を吊《つ》り上げていた。

「あの冥王星Oは、自分から望んで名を引き継いだのか？」

「そのとおりだ。あの男が働くことで私が【彼ら】の中で地位を確立し、それによって望む見返りが生まれる。何かを求めて生きているのは人間も【彼ら】も大差ないということだ」

そして求めるもののために、苦難が正面で手を振っていてもその道を選ぶ。そう付け足した。

「あんたもか？」

「君にはもう関係のない話だ。これ以上深入りするなら、首から上だけが『こちら側』へ来てしまうと思った方がいい」

窓枠を指差しながら、俺の口を脅迫《きょうはく》して制してきた。一歩怯《ひる》んだ俺の反応に少し顎《あご》を引いて、それから【窓をつくる男】が自作の窓の中に飛びこもうとする。

俺はもう一度、【窓をつくる男】を呼び止めた。それは衝動《しょうどう》に近い、何かに突き動かされての言葉だった。半分とはいえ、今や俺の人間の知り合いはこの地球上で【窓をつくる男】だけだったから。

「なぁ」

「まだなにか？」

「あ、いや……俺《おれ》の頭はこのままでいいのか？」

自分の側頭部を人差し指で指し示す。【窓をつくる男】の双眼が、俺の頭部を視線で射抜くように見つめてくる。その目もまた、彼が作る窓のように様々なものを吸いこみそうな深さが備わっている。

「もう少し柔軟な知性を身につけた方がいいかもしれんな。人間は思ったよりずっと賢いぞ」

「そういう意味じゃないだろ」

言うと、【窓をつくる男】が肩を揺らす。どうやらこいつなりの冗談だったらしい。イマイチだな。

「全《すべ》て忘れたいのなら、記憶を弄《いじ》って貰《もら》えるようにもう一度頼《たの》むが。君の意思はどうだ？」

【窓をつくる男】はあくまで、こちらの自主性を問いかけてくる。俺は首を横に振った。

「いや……忘れたくないな。やっと思い出せたんだ」

「そうか。ならばそのままで構わない。実はあの【過去を弄《もてあそ》ぶ女】と呼ばれていたやつは、もう死んでいる。弄ろうにもツテはないんだ」

平然とした顔で嘘《うそ》をつく、【窓をつくる男】に呆《あき》れる。あの化粧の濃いババアを殺したのは、本当はこいつじゃないんだろうか。それが仕事か、個人の都合かは分からないが。

『どちらにしても【彼ら】について口外はしないことだ、死より残酷《ざんこく》な過程と結末が君に届けられることになる」

「しないよ、もうあんな厳しい社会には関《かか》わりたくない……なぁあんた、寂しくないか？」

「寂しい、とは？」

【窓をつくる男】が仮面を傾けるように、首を傾《かし》げる。その一瞬《いっしゅん》だけ、彼が十代の若者に見えた。

「名前も明かせなくて、誰《だれ》にも心を許せなくて。そんな社会の中で一人生きていることに、寂しさは覚えないのか？」

まるでそれは、今からの自分に向けて発した質問のように思えた。俺は人間社会に、【窓をつくる男】は【彼ら】の社会へ。一人で歩いていかなければいけない。

【窓をつくる男】はほんの少しだけ考える仕草《しぐさ》を見せて、それから言った。

「もしそういった感情が芽生えるのなら、私は人間なのだろうな」

肯定と否定の境界線に沿って紡《つむ》がれたその言葉で、俺との距離感《きより》に【窓】を作る。これ以上の会話は不要だ、とばかりの空気に、俺は押し黙《だま》った。そして、胸に到来するものを想《おも》う。

なんだかんだで、俺はずっと彼に面倒を見てきて貰った。兄に対して持つ感情というのは、ある種素直になれない感謝を含んだ、こういうものだろうか。ワルとその弟のことを思い出す。

だから別れの言葉とか正式な感謝が照れくささに邪魔《じゃま》されて、代わりに俺は最後、唐突《とうとつ》に思いついた低俗な内容を彼の背中に、手とともに伸ばす。

「あ、それとちょっと待った、別れる前に俺《おれ》を窓で、」

待たなかった。【窓をつくる男】は夜を纏《まと》ったような外套《がいとう》とともに、窓の中へ消えていく。

咄嗟《とっさ》にその中へ飛びこんでみる気にもなれなくて、言葉と手のひらが空を摑《つか》んだ。

「……この野郎、送っていけよ」

作られた窓の向こうに悪態《あくたい》を吐《つ》く。俺の声は届いただろうか。返事はないまま、長方形の白い窓枠は消えさってしまう。小石をその窓があった場所に蹴《け》っても、跳《は》ね返ってくるばかりだ。もっとも、また木の上から落とされても困るのだが。今度は、俺を探す友達もいない。

ああ、でも姉（かもしれない人）はいるのか。あの人は俺のことを知っているのか？

「それにしても、参ったな」

まるで見識のない土地に一人で放り出されて、途方に暮れる。

癖《くせ》のように空を仰《あお》ぎ見ようとして、慌《あわ》てて顎《あご》を引っこめた。

小綺麗《こぎれい》な川の方を眺《なが》める。種類の分からない鳥が水面を優雅に滑《すべ》っている。羽は光にあふれた水面の影響《えいきょう》で、何種類かの色が混じり合っているように見えた。定着する色を決めかねているようにも映る。その鳥を目で追って、俺はいつの間にかその場に座りこんでいた。

すぐには立ち上がらずに、額《ひたい》を指で搔《か》いた。夢が終わったように、俺の肌が周囲の温度に影響されていく。少し蒸し暑い。それなのに上半身が一度震《ふる》えて、鳥肌が酷《ひど》かった。

思ったのだが【窓をつくる男】に、何処《どこ》に送ってもらう気だったんだ？　もう冥王星《めいおうせい》Ｏの事務所に俺の居場所はないだろう。あのビルに囲まれた不思議な洋館での生活を思い返す。顔のない女。あいつは、【窓をつくる男】の正体を知っているんだろうか。

「……あー、思い出したら腹減った」

顔のない女は料理上手だった。それに加えて今の俺は、昨日から何も口にしていない。睡眠欲とか、食欲が自分の中で復活し出していることにホッと息を吐く。雨水が地面に染《し》みこんでいく感じだ。急速に人間の感覚が蘇《よみがえ》って、俺はいてもたってもいられなくなる。

立ち上がって、尻《しり》を払う。足もとがよろめいて転《ころ》びそうになって、額を手で押さえる。ぐわん、ぐわんと耳の奥でなにかが波紋を広げている。暫《しばら》くそのまま固まっていた。その間に、水面の鳥は何かの気配を察したように飛び立ってしまった。思わず、笑ってしまう。

「どいつもこいつも、俺を置き去りにして」

それは嘆きじゃない。悲壮感もない。追いついてやる、という意気ごみにあふれていた。三半規管《さんはんきかん》の高鳴りも終わって、次第に落ち着く。地面を二回、靴《くつ》の裏で踏《ふ》んだ。頭も腹も中身が空っぽだけど、どうにか歩くことはできそうだ。そうとも、俺は歩かなければいけない。許されたのなら、これからも、ずっと。

【窓をつくる男】は歩く必要がない。あいつには移動のための【窓】がある。

だけど俺は歩かなければ、どこへも進めない。俺という人間が【冥王星Ｏ】という道を歩くために作られた窓は既《すで》に失われて、残ったのはたくさんの人と比べて出遅れてしまった目の前の道だけだ。俺《おれ》はここからその道を歩いていく。走らず、自分の意思で……なのか？

人の歩く道は自由なのだろうか？ それとも街の道路が舗装《ほそう》されているように、誰《だれ》かが整えた道を歩かされているだけなのだろうか？ そしてそれはどちらが正しいのだろう？

両方を体験しなければ、もし本当に正しさがあっても分かりはしない。そして俺は何年も、冥王星《めいおうせい》Oとしての『舗装された道』を経験してきたのだ。

だったら、これからの俺は道のない場所を少し歩いてみたい。

ワルのように、自分だけの道を作って。

道なき空を歩くように、進んでいきたい。

そして一人きりの道が寂しくなったら、舗装された道にも顔を覗《のぞ》かせてみよう。そこにはもしかしたら、俺の姉がいるかもしれない。万引きしたチョコ菓子を、いつか彼女に渡そう。

土手を上り出す。斜めの地面を足の裏が踏《ふ》みしめる度《たび》、いつだって飛び立てるような気分になる。水面《みなも》に降《ふ》り注《そそ》いでいた柔らかい光は、今やすべて俺の背中を後押ししているように、静かに移動してきている。首の裏側が熱くなって、背負っていた何かが焼けていくようだった。

遠くから子供たちの楽しそうな声が聞こえてくる。平日の昼だから、小学校でも側《そば》にあるのだろうか。笑い声、はしゃぐ声。あまり笑わなかった、自分の子供だった頃《ころ》を思い出す。父を思い返し、そして母の姿も俺の記憶の中では生き生きと動いていた。どうか生きていてほしい。

土手を上りきると一度、強い風が吹いた。追い風だったので、立ち止まらずに進む。
とりあえずは駅まで歩いていこうと思う。
そして時々は、素敵な青空を目指して歩いてみるのもいいかもしれない。

『W』ends.
and it continues to『V』.

◉越前魔太郎著作リスト

「魔界探偵　冥王星O　ヴァイオリンのV」（講談社ノベルス）

本書に対するご意見、ご感想をお寄せください。

■

あて先

〒160-8326 東京都新宿区西新宿4-34-7
アスキー・メディアワークス電撃文庫編集部
「越前魔太郎先生」係
「ブリキ先生」係

■

電撃文庫

魔界探偵《まかいたんてい》 冥王星O《めいおうせいオー》

ウォーキングのW

越前魔太郎《えちぜんまたろう》

発行　二〇一〇年四月十日　初版発行

発行者　髙野 潔

発行所　株式会社アスキー・メディアワークス
〒一六〇-八三二六 東京都新宿区西新宿四-三十四-七
電話〇三-六八六六-七三一一（編集）

発売元　株式会社角川グループパブリッシング
〒一〇二-八一七七 東京都千代田区富士見二-十三-三
電話〇三-三二三八-八六〇五（営業）

装丁者　荻窪裕司（META＋MANIERA）

印刷・製本　株式会社暁印刷

ISBN978-4-04-868454-5 C0193

電撃文庫創刊に際して

文庫は、我が国にとどまらず、世界の書籍の流れのなかで〝小さな巨人〟としての地位を築いてきた。古今東西の名著を、廉価で手に入りやすい形で提供してきたからこそ、人は文庫を自分の師として、また青春の想い出として、語りついできたのである。

その源を、文化的にはドイツのレクラム文庫に求めるにせよ、規模の上でイギリスのペンギンブックスに求めるにせよ、いま文庫は知識人の層の多様化に従って、ますますその意義を大きくしていると言ってよい。

文庫出版の意味するものは、激動の現代のみならず将来にわたって、大きくなることはあっても、小さくなることはないだろう。

「電撃文庫」は、そのように多様化した対象に応え、歴史に耐えうる作品を収録するのはもちろん、新しい世紀を迎えるにあたって、既成の枠をこえる新鮮で強烈なアイ・オープナーたりたい。

その特異さ故に、この存在は、かつて文庫がはじめて出版世界に登場したときと、同じ戸惑いを読書人に与えるかもしれない。

しかし、〈Changing Times,Changing Publishing〉時代は変わって、出版も変わる。時を重ねるなかで、精神の糧として、心の一隅を占めるものとして、次なる文化の担い手の若者たちに確かな評価を得られると信じて、ここに「電撃文庫」を出版する。

1993年6月10日
角川歴彦